Jean-Marie Mathias Philippe-Auguste Comte de Villiers de l'Isle-Adam, geboren am 7. 11. 1838 in St.-Brieuc, starb am 18. 8. 1889 in Paris.
Es gibt gewisse Parallelen zwischen den »Contes Cruels« von Villiers de l'Isle-Adam und den grausamen Geschichten Edgar Allan Poes. Tatsächlich kannte Villiers de l'Isle-Adam die short stories Poes durch die Übersetzung von Charles Baudelaire. Man könnte ihn nach seinen Erzählungen den Spätromantikern zurechnen. »Villiers de l'Isle-Adam stand in seiner Kunst abseits von der Entwicklung, die die Novelle in Frankreich von Mérimée bis Maupassant genommen hat. Kritiker, die bald nach seinem Tode behauptet haben, es handele sich bei ihm um einen der größten Dichter des 19. Jahrhunderts, sind gewiß der Übertreibung verfallen. Die ›Grausamen Geschichten‹ aber gehören ohne Zweifel zu den bedeutenden Leistungen der französischen Erzählkunst des vorigen Jahrhunderts.« *Herbert Kühn*

insel taschenbuch 303

Villiers de l'Isle-Adam

Grausame Geschichten

Villiers de l'Isle-Adam
Grausame Geschichten

Aus dem Französischen
von Helene und Herbert Kühn

Mit einem Nachwort von
Herbert Kühn
und Illustrationen von
Paul Destez

Insel Verlag

Die Illustrationen wurden dem Band:
Comte de Villiers de l'Isle-Adam, Contes Cruels.
Calmann-Lévy: Paris 1909 entnommen.

insel taschenbuch 303
Erste Auflage 1978
Lizenzausgabe mit freundlicher Genehmigung des
Insel-Verlag Anton Kippenberg, Leipzig

Vertrieb durch den Suhrkamp Taschenbuch Verlag
Umschlag nach Entwürfen von Willy Fleckhaus
Satz: LibriSatz, Kriftel
Druck: Ebner, Ulm
Printed in Germany

INHALT

Die Marter der Hoffnung

FÜR EDOUARD NIETER

Oh! Eine Stimme,
eine Stimme, um schreien zu können! . . .
Edgar Poe: ›Der Brunnen und die Uhr‹

Eines Abends stieg der ehrwürdige Pedro Arbuez d'Espila, sechster Prior der Dominikaner von Segovia und dritter Großinquisitor von Spanien, unter den Gewölben des geistlichen Gerichts zu Saragossa in ein tiefes Verließ hinab; hinter ihm schritt ein Fra Redemptor, ein Foltermeister, vor ihm gingen zwei Späher des Heiligen Inquisitionsgerichts, die beide Laternen trugen.

Das Schloß einer schweren Türe knarrte; man betrat ein verpestetes, auf Lebenszeit zugedachtes Klostergefängnis, in dem das Licht, das von oben durch eine Luke gewährt wurde, zwischen zwei ins Mauerwerk eingelassenen Ringen eine blutgeschwärzte Folterbank, ein Kohlenbecken und einen Wasserkrug wahrnehmen ließ. Auf einem stinkigen Lager, in Fesseln geschlagen und mit dem Halseisen, saß verstört ein Mann in Lumpen, dessen Alter nicht mehr zu bestimmen war.

Dieser Gefangene war kein anderer als Rabbi Aser Abarbanel, ein aragonischer Jude, der, des Wuchers und erbarmungslosen Hochmuts gegenüber den Armen beschuldigt, seit mehr als einem Jahr tagtäglich der Folter unterzogen worden war. Da jedoch ›seine Verblendung ebenso hartnäckig war wie seine Haut‹, hatte er sich jeder Abschwörung entzogen.

Voller Stolz auf eine mehrere tausend Jahre alte Abstammung und auf seine Vorfahren aus dem Altertum – denn alle Juden, die dieses Namens würdig sind, halten viel auf ihre Herkunft – leitete er sich dem Talmud zufolge von Othoniel her und damit auch von Ipsiboë, der Frau dieses letzten Richters des Volkes Israel, ein Umstand, der ihn auch bei den schwersten der unaufhörlichen Folterqualen beherzt durchhalten ließ.

So geschah es, daß der ehrwürdige Pedro Arbuez d'Espila bei dem Gedanken, daß diese standhafte Seele auf ihr Heil verzichtete, mit Tränen in den Augen auf den zitternden Rabbiner zuging und die folgenden Worte sprach:

»Mein Sohn, freuet Euch: Ich sage Euch, Eure Prüfungen hienieden nehmen ein Ende. Wenn ich auch angesichts so vieler Hartnäckigkeit voller Schauder die Erlaubnis dazu geben mußte, daß man so streng mit Euch verfuhr, so hat meine Aufgabe, Euch brüderlich auf den rechten Weg zu bringen, doch ihre Grenzen. Ihr seid der störrische Feigenbaum, der nun, nachdem er soundso oft ohne Frucht befunden worden ist, der Strafe des Ein-

trocknens verfällt . . . Gott allein aber bleibt es überlassen, über Eure Seele zu befinden. Vielleicht wird Euch im höchsten Augenblick das Licht der ewigen Gnade leuchten. Wir wollen es hoffen! Es gibt Beispiele dafür . . . Amen! Schlaft diese Nacht noch in Frieden. Morgen werdet Ihr am Autodafé teilhaben, das heißt, Ihr werdet dem Quemadero überliefert, der Glut, die die ewige Flamme verkündet: Sie brennt, Ihr wißt es, mein Sohn, nur in einiger Entfernung, und der Tod braucht, bis er kommt, mindestens zwei Stunden, oft sogar drei, infolge der feuchten und eiskalten Tücher, mit denen wir Stirn und Herz der Opfer sorgsam und schützend umwickeln. Ihr werdet nur dreiundvierzig sein. Bedenkt, daß Ihr, als letzter in der Reihe, genügend Zeit habt, um Gott anzurufen und ihm diese Feuertaufe darzubieten, die vom Heiligen Geist kommt. Setzt Eure Hoffnung also auf das Ewige Licht und schlaft.«
Als Dom Arbuez diese Rede beendet hatte und auf ein Zeichen hin dem Unglücklichen die Ketten hatte abnehmen lassen, umarmte er ihn liebevoll. Dann trat der Fra Redemptor vor und bat den Juden ganz leise, ihm zu vergeben, was er ihn, um ihn loszukaufen, alles hatte erdulden lassen; danach umarmten ihn die beiden Späher, und ihr Kuß war durch ihre Kapuzen hindurch nicht vernehmbar. Als die Zeremonie vorbei war, ließ man den Gefangenen allein; bestürzt blieb er in der Dunkelheit zurück.
Rabbi Aser Abarbanel blickte zunächst trockenen Mundes und mit einem Blick, den das Leiden stumpf gemacht hatte, gedankenlos zur geschlossenen Tür. ›Geschlossen‹? Dieses Wort erweckte zunächst in seinem tiefsten Inneren, in seinem verwirrten Sinn so etwas wie einen Traum. Einen Augenblick lang hatte er nämlich durch den Spalt im Mauerwerk dieser Tür den Schein der Laternen bemerkt. Ein Hoffnungsschimmer, den sein entkräftetes Hirn erzeugte, fuhr durch sein Inneres. Mühsam schleppte er sich zu dieser unge-

wöhnlichen Erscheinung hin. Und indem er ganz leise und mit größter Vorsicht einen Finger in die schmale Öffnung schob, zog er an der Tür. O Schrecken! Durch einen seltenen Zufall hatte der Späher, der sie hinter sich zugeworfen hatte, den großen Schlüssel ein wenig vor dem Anschlag gegen die steinernen Pfosten herumgedreht, so daß der verrostete Riegel nicht in das Schloß eingeschnappt war und die Tür sich wieder ein wenig geöffnet hatte.

Der Rabbiner wagte einen Blick nach draußen.

Unter dem Schutz eines fahlen Dunkels bemerkte er zunächst ein Halbrund aus irdenem Mauerwerk, in das Stufen spiralförmig eingelassen waren; und oben, ihm gegenüber, fünf oder sechs Steinstufen hoch, eine Art von schwarzem Torbogen, der auf einen weiten Gang führte, von dem er von unten her nur die ersten Gewölbebogen sehen konnte.

Er legte sich auf den Boden und kroch bis an den Rand jener Schwelle – ja, das war tatsächlich ein langer Gang, aber er war unermeßlich lang! Ein bleiches Licht, ein traumhafter Schimmer erhellte ihn: Nachtlichter, die an den Gewölben hingen, färbten in Abständen die trübe Luft bläulich – der ferne Hintergrund war dunkler Schatten. Seitwärts gab es auf der ganzen Strecke nicht eine einzige Tür! Allein auf der einen Seite, zu seiner Linken, drang durch die in Mauerlöchern liegenden, kreuzweise vergitterten Zuglöcher ein Dämmerlicht herein – es mußte Abend sein, das rote Streifenmuster, das dann und wann das Steinpflaster unterbrach, ließ es vermuten. Und welch fürchterliche Stille! . . . Gleichwohl konnte dahinten, in der Tiefe jener Nebel, eine Tür in die Freiheit führen! Die Hoffnung, die in dem Juden aufflackerte, hielt hartnäckig an, war es doch seine letzte.

So wagte er sich ohne Zögern über die Fliesen, immer entlang der Wand mit den Zuglöchern, wobei er versuchte, im dämmrigen Dunkel der langen Mauern unterzutauchen. Ganz langsam bewegte er sich vorwärts,

kroch auf der Brust liegend weiter – und verhielt den Schrei, als der Schmerz einer wieder aufgebrochenen Wunde ihn zerriß.
Plötzlich drang das Geräusch sich nähernder Sandalen im Echo dieser steinernen Allee bis zu ihm hin. Er bebte

am ganzen Leibe; die Angst erstickte ihn; sein Blick trübte sich. Nun, zweifellos war es um ihn geschehen. Zusammengekauert drückte er sich in ein Loch und wartete, halbtot.
Es war ein Späher, der es eilig hatte. Er ging, ein

Folterinstrument in der Faust, mit herabgelassener Kapuze einen schrecklichen Anblick bietend, vorüber und verschwand. Der Rabbiner vermochte sich fast eine Stunde lang nicht zu bewegen, da der Schrecken, den er soeben verspürt hatte, seine Lebensfunktionen geradezu außer Kraft setzte. In der Furcht, die Martern könnten verdoppelt werden, wenn er aufgegriffen würde, kam ihm der Gedanke, doch wieder in sein Gefängnis zurückzukehren. Die alte Hoffnung aber flüsterte seiner Seele jenes göttliche Vielleicht ein, das in der höchsten Not immer wieder Kraft verleiht. Ein Wunder hatte sich ereignet! Man durfte nicht mehr zweifeln! So begann er also wieder der möglichen Ausflucht entgegenzukriechen. Von Schmerzen und Hunger völlig aufgerieben und vor Angst zitternd, bewegte er sich vorwärts. Und dieser Gang, der wie ein Grabgewölbe war, schien sich geheimnisvoll in die Länge zu ziehen. Er aber, der darum doch nicht mit Kriechen aufhörte, blickte immer in das Dunkel da vorn, wo sich ein rettender Ausgang befinden mußte.
O weh! Da ertönten erneut Schritte, aber diesmal waren sie langsamer und düsterer. Die weiße und die schwarze Gestalt zweier Inquisitoren unter den hohen Hüten mit den eingerollten Krempen erschienen vor ihm, weit hinten aus der trüben Luft auftauchend. Sie sprachen leise miteinander und schienen in einer wichtigen Sache uneins, denn ihre Hände bewegten sich aufgeregt.
Bei diesem Anblick schloß Rabbi Aser Abarbanel die Augen: Sein Herz schlug, als sollte er sterben; seine Lumpen durchdrang der kalte Schweiß der Todesangst; den Mund weit offen, lag er da, unbeweglich, an die Wand gepreßt, im Lichtstrahl einer Nachtlampe, reglos und den Gott Davids anflehend!
Als die beiden Inquisitoren auf seiner Höhe angekommen waren, blieben sie im Schein der Lampe stehen – was sich wohl zweifellos ganz zufällig aus ihrer Unterhaltung ergab. Der eine der beiden, seinem Gesprächs-

partner lauschend, schien den Rabbiner anzusehen! Und unter diesem Blick, dessen zerstreuten Ausdruck er zunächst nicht erfaßte, glaubte der Unglückliche zu spüren, wie sich die heißen Zangen von neuem in sein armes Fleisch bohrten; wieder also würde er eine einzige Klage, eine einzige Wunde werden. Fast ohnmächtig, nicht mehr in der Lage zu atmen und mit zitternden

Augenlidern erschauerte er, als ihn das Gewand streifte. Doch wie seltsam und gleichzeitig natürlich: Die Augen des Inquisitors waren offensichtlich die eines Mannes, der voll und ganz mit dem beschäftigt ist, was es zu antworten gilt, der ganz und gar von dem Gedanken an das eingenommen ist, was sein Ohr trifft, sie waren geradeaus gerichtet – und schienen den Juden anzusehen, ohne ihn wahrzunehmen.

Und wirklich, nach einigen Minuten setzten die beiden unheilverbreitenden Sprecher langsamen Schrittes und mit leiser Stimme weiterredend ihren Weg in Richtung auf die Stelle fort, von der der Gefangene gekommen war: er war nicht gesehen worden! . . . So daß diesen im schrecklichen Durcheinander seiner Empfindungen der Gedanke durchfuhr: ›Sollte ich schon tot sein, daß man mich nicht sieht?‹ Eine grausige Wahrnehmung riß ihn aus seiner Erstarrung: Als er die Wand ansah, die da dicht vor seinem Gesicht war, meinte er, genau vor den seinen zwei gierige Augen zu sehen, die ihn beobachteten! . . . Bestürzt, voller Todesangst und mit gesträubtem Haar warf er ungestüm den Kopf herum! . . . Aber nein. Seine Hand hatte sich überzeugt, als sie die Steine abtastete: Es war das Nachbild der Augen des Inquisitors, das sich noch auf der Netzhaut hielt und zwei Flecke auf das Mauerwerk zurückgeworfen hatte.
Weiter also! Eile war geboten zu dem Ziel hin, von dem er meinte (und das ohne Zweifel in krankhafter Einbildung), daß es die Freiheit brächte! Hin zu jener dunklen Stelle, von der er nicht mehr als etwa dreißig Schritte entfernt war! So nahm er also, schneller als vorher, auf den Knien, auf den Händen, auf dem Bauch kriechend, seinen schmerzhaften Weg wieder auf; und bald gelangte er in den dunklen Teil dieser fürchterlichen Galerie.
Plötzlich spürte der Unglückliche etwas Kühles auf seinen Händen, als er sie gegen die Fliesen preßte: Es rührte von einem heftigen Luftzug her, der unter einer Tür durchstrich, zu der die beiden Wände hinführten. O Gott, wenn diese Tür sich doch öffnete! Das Innere des beklagenswerten Mannes, der da ausgebrochen war, wurde von etwas wie einem Taumel der Hoffnung ergriffen. Er untersuchte sie von oben bis unten, ohne sie jedoch genau erkennen zu können, denn um ihn herum war es völlig dunkel. Er tastete sie ab: Da war kein Riegel, kein Schloß. – Ein Drücker! . . . Er richtete

sich auf: Der Drücker gab unter seinem Daumen nach: Leise öffnete sich die Tür vor ihm.
»Halleluja!« flüsterte in einer Anwandlung von Dankbarkeit tief seufzend der Rabbiner, der nun aufrecht auf der Schwelle stand, als er sah, was ihm da entgegenstrahlte.
Die Tür gab den Blick auf Gärten unter einem nächtlichen Sternenhimmel, auf den Frühling, die Freiheit, das Leben frei! Sie führte aufs nahe Land hinaus, das sich bis zu den Bergen hinzog, deren blaue Wellenlinien sich am Horizont abzeichneten; dort lag das Heil! Oh, entfliehen können! Die ganze Nacht über würde er unter den Zitronenbäumen, deren Düfte auf ihn zukamen, dahinlaufen. Wenn er erst einmal im Gebirge sein würde, wäre er gerettet! Er sog die gute, heilige Luft ein; der Wind belebte ihn, seine Lungen weiteten sich wieder! Erhobenen Herzens vernahm er das Veni foras des Lazarus! Und um Gott zu preisen, der ihm solche Barmherzigkeit erwies, breitete er die Arme vor ihm aus und erhob die Augen zum Firmament. Er war voller Ekstase.
Da schien es ihm, als sähe er die Schatten seiner Arme auf sich zukommen: Ihm war, als fühlte er, wie diese Schattenarme ihn umschlangen, umwanden, und wie er sanft gegen eine Brust gedrückt wurde. In der Tat, da stand eine hohe Gestalt neben der seinen. Voller Vertrauen senkte er den Blick auf diese Gestalt – stand da, keuchend, wie toll geworden, mit trübem Auge, am ganzen Leibe zitternd, die Wangen gebläht und Schaum vor dem Munde.
O Schrecken! Er lag in den Armen des Großinquisitors selbst, des ehrwürdigen Pedro Arbuez d'Espila, der ihn anschaute, die Augen voll dicker Tränen und mit der Miene eines guten Hirten, der sein verlorenes Schaf wiederfindet!
Der düstere Priester preßte den unglücklichen Juden mit einer so heftigen Bewegung der Barmherzigkeit an sein

Herz, daß das rauhe mönchische Büßerhemd unter dem Ordenskleid die Brust des Dominikaners wund rieb. Und während Rabbi Aser Abarbanel, dessen Augen unter den Lidern hervortraten, in den Armen des asketischen Dom Arbuez röchelte und nur wirr begriff, daß alle Phasen dieses schicksalsschweren Abends nur eine vorgesehene Marter, nämlich die der Hoffnung, waren,

flüsterte ihm der Großinquisitor im Tone eines stechenden Vorwurfs und betroffenen Blickes mit heißem, vom Fasten verderbtem Atem ins Ohr:
»O mein Kind! Am Vorabend des möglichen Heils . . . wolltet Ihr uns also verlassen!«

Königin Isabeau

DEM GRAFEN D'OSMOY GEWIDMET

Der Hüter des ›Palais des Livres‹ berichtet: ›Königin Nitokris, die Schöne mit den Rosenwangen, Witwe Papis' I. aus der zehnten Dynastie, lud, um den Mord an ihrem Bruder zu rächen, die Verschworenen ein, mit ihr in einem unterirdischen Saal ihres Palastes zu Aznac zu Abend zu speisen; dann verschwand sie aus dem Saal und ließ ihn unvermutet vom Wasser des Nils überfluten.‹

Manetho

Um 1404 – ich greife nur deshalb so weit zurück, um bei meinen Zeitgenossen kein Mißfallen zu erregen – bewohnte Isabeau, die Gemahlin König Karls VI. und Regentin von Frankreich, in Paris das ehemalige Hôtel Montagu, eine Art von Palais, das unter dem Namen Hôtel Barbette bekannter ist.
Dort wurden bei Fackelschein an der Seine die berühmten Reiterspiele im Lanzenbrechen ausgetragen; da gab es Galanächte, Konzerte und Gelage, die sowohl durch die Schönheit der Frauen und der jungen Edelleute entzückten als auch durch die unerhörte Pracht, die der Hof dabei entfaltete.
Die Königin hatte gerade die Gewänder ›à la gorge‹ eingeführt, bei denen man die Brust durch ein Netzwerk aus edelsteinverzierten Bändern hindurchschimmern sah, wie auch jene Frisuren, um derentwillen die Türbogen der Feudalsitze um mehrere Ellen erhöht werden mußten. Tagsüber waren der große Saal und die Orangenterrasse von Messire Escabala, dem Schatzmeister des Königs, der Treffpunkt für die Höflinge (er befand sich in der Nähe des Louvre). Dort widmete man sich dem Glücksspiel, und manches Mal rollten beim ›passe-dix‹ die Würfel aus den Bechern um Einsätze, die ganze Provinzen dem Hunger preisgeben konnten. Man vergeudete leichtsinnig die schweren Schätze, die

der sparsame Karl V. so mühsam zusammengetragen hatte. Wenn das Geld ausging, erhöhte man den Zehnten, die Steuer, die Fronen, Auflagen, Subsidien, Beschlagnahmen, Erpressungen und Salzsteuern bis ins Unerträgliche. In aller Herzen herrschte Fröhlichkeit. – Damals geschah es auch, daß der finstere Jean de Nevers, der sich immer abseits hielt und damit anfing, in seinen Staaten alle diese schändlichen Besteuerungen abzuschaffen – er war auch Ritter, Herr von Salins, Graf von Flandern und von Artois, Graf von Nevers, Baron von Réthel, Pfalzgraf von Mecheln, zwiefacher Pair von Frankreich, Doyen der Pairs und Vetter des Königs wie auch Krieger, bevor er vom Konzil zu Konstanz zum alleinigen Heerführer bestimmt wurde, dem ohne Gefahr des Bannfluchs und blindlings zu gehorchen war, erster großer Lehnsmann des Königreichs, erster Untertan des Königs (der selbst nur Untertan der Nation ist), Erbherzog von Burgund, späterer Held von Nicopolis und Held im Sieg auf den Ebenen von Hesbaye, wo er, von den Flamen im Stich gelassen, sich vor der ganzen Armee den heldischen Beinamen ›Sans Peur‹, ›Ohnefurcht‹, erwarb, weil er Frankreich von einem der schlimmsten Feinde befreite –, damals also, sagen wir, geschah es, daß der Sohn von Philipp dem Kühnen und Margarete II., kurz, daß Jean sans Peur schon davon träumte, Heinrich von Derby, dem Grafen von Hereford und Lancaster, dem fünften seines Namens, der König von England war, mit Feuer und Schwert Trotz zu bieten, um das Vaterland zu retten – und dann, nachdem von diesem König ein Preis auf seinen Kopf gesetzt worden war, von Frankreich keinen anderen Lohn erhielt, als zum Verräter erklärt zu werden.

Man versuchte sich noch unbeholfen in den ersten seit einigen Tagen von Odette de Champ-d'Hiver eingeführten Kartenspielen.

Alle möglichen Wetten wurden abgeschlossen, und man trank dabei Weine, die von den besten Hängen des

Herzogtums Burgund stammten. Die neuen Tenzonen, die Virelais des Herzogs von Orleans (der zu den Rittern von der Lilie gehörte, die am meisten in schöne Reime vernarrt waren), ertönten dazwischen. Man sprach über

Moden und über die Waffenschmiedekunst, und oft auch sang man lose Lieder.
Bérénice Escabala, die Tochter dieses reichen Mannes, war eines der hübschesten Mädchen, ein liebenswürdiges Kind. Ihr unbescholtenes Lächeln zog den glitzernden Schwarm der Edelleute an. Es war jedoch all-

gemein bekannt, daß die Gunst, von ihr empfangen zu werden, allen ohne Unterschied zuteil wurde.

Eines Tages geschah es nun, daß der Viztum de Maulle, ein junger Edelmann, der zu der Zeit Günstling der Isabeau war, sich anmaßte – sicher nach einem Trunk! –, mit seinem Wort dafür einzustehen, daß er die unbeugsame Tugend der Tochter von Meister Escabala

besiegen, mit einem Wort, daß sie binnen kurzem ihm gehören würde.

Das wurde inmitten einer Gruppe von Höflingen geäußert. Um sie herum dröhnte es von Gelächter und von den Kehrreimen, die zu der Zeit im Schwange waren, und doch übertönte all der Lärm nicht die unüberlegten Worte des jungen Mannes. Die beim Klange der Becher

eingegangene Wette kam auch Ludwig von Orleans zu Ohren.
Ludwig von Orleans, der Schwager der Königin, war von dieser schon von Anbeginn ihrer Regentschaft an mit leidenschaftlicher Zuneigung ausgezeichnet worden. Er war ein glänzender und leichtfertiger, aber auch recht unheilvoller Fürst. Zwischen Isabeau von Bayern und ihm gab es eine gewisse Wesensverwandtschaft, die ihrem Ehebruch fast den Charakter eines Inzests verlieh. Von dem launenhaften Wiederaufblühen einer schon welken Zärtlichkeit abgesehen, hatte er sich im Herzen der Königin immer eine Art außereheliche Zuneigung zu bewahren gewußt, die eher einem Bündnis als einer Sympathie glich.
Der Herzog hatte den Günstlingen seiner Schwägerin gegenüber ein wachsames Auge. Wenn ihm die Intimität der Liebenden für den Einfluß, den er auf die Königin auch weiter auszuüben wünschte, bedrohlich zu werden schien, war er in der Art der Mittel wenig wählerisch, um einen fast immer tragischen Bruch zwischen ihnen herbeizuführen; eins dieser Mittel konnte sogar die Denunziation sein.
So sorgte er also dafür, daß die schon erwähnte Wette der königlichen Freundin des Viztums de Maulle hinterbracht wurde.
Isabeau lächelte, scherzte über diesen Ausspruch und schien ihm weiter keine Beachtung zu schenken.
Die Königin hatte Quacksalber an der Hand, die ihr jene Geheimmittel aus dem Orient verkauften, die das Feuer des für sie empfundenen Begehrens zum Lodern zu bringen vermochten. Als eine neue Kleopatra war sie, da sie sich völlig verbraucht hatte, viel eher dazu geschaffen, innerhalb einer Ritterburg einem Liebeshofe vorzustehen oder einer Provinz die Moden vorzuschreiben, als daran zu denken, den Boden ihres Landes vom Engländer zu befreien. In dem erwähnten Fall jedoch

zog sie keinen ihrer Ärzte zu Rate, – nicht einmal Arnaut Guilhem, ihren Alchimisten.
Einige Zeit danach befand sich der edle Monsieur de Maulle eines Nachts bei der Königin im Hôtel Barbette. Die Stunde war schon vorgeschritten; die Ermattung nach der Lust schläferte die beiden Verliebten ein.
Plötzlich meinte Monsieur de Maulle in Paris den Klang von Glocken zu hören – vereinzelte, düstere Schläge.
Er richtete sich auf:
»Was ist denn das?« fragte er.
»Nichts. – Laß doch!« antwortete Isabeau heiter und ohne dabei die Augen zu öffnen.
»Nichts, meine schöne Königin? – Ist das nicht die Sturmglocke?«
»Ja . . . kann sein. – Nun und, mein Freund?«
»Irgendein Hôtel muß in Flammen stehen!«
»Davon träumte ich gerade«, sagte Isabeau.
Ein perlendes Lachen öffnete die Lippen der schönen Schläferin.
»In meinem Traum«, fuhr sie fort, »warst du es, der das Feuer entfachte. Ich sah, wie du eine Fackel in die Öl- und Futtervorräte warfst, Liebling.«
»Ich?«
»Ja!« Sie dehnte schläfrig die Silben. »Du hast das Haus von Messire Escabala, meinem Schatzmeister, in Brand gesteckt, du weißt doch, um deine Wette von neulich zu gewinnen.«
Von einer unbestimmten Unruhe erfaßt, öffnete Monsieur de Maulle halb die Augen.
»Welche Wette? Seid Ihr nicht noch vom Schlaf befangen, mein schöner Engel?«
»Aber – deine Wette, der Geliebte seiner Tochter, der kleinen Bérénice, zu werden, die so schöne Augen hat! Ach, was für ein gutes und hübsches Mädchen, nicht?«
»Was sagt Ihr da, meine teure Isabeau?«
»Habt Ihr mich denn nicht verstanden, Monsieur? Ich träumte, sagte ich Euch schon, daß Ihr das Haus meines

Schatzmeisters angezündet und seine Tochter während des Brandes entführt und zu Eurer Geliebten gemacht habt, um so Eure Wette zu gewinnen!«
Der Viztum ließ schweigend seinen Blick umherschweifen.
In der Tat erhellte der Widerschein einer fernen Feuersbrunst die Fenster des Gemachs. Purpurne Reflexe färbten die Hermelinfelle auf dem königlichen Bett blutrot; die Lilien in den Wappen und jene, die in den Emailvasen dahinwelkten, glühten rot auf. Und rot leuchteten auch die beiden Kelche, die auf einem mit Wein und Früchten beladenen Tischchen standen.
»Ach, jetzt erinnere ich mich . . .«, sagte der junge Mann halblaut, »es ist ja wahr, ich wollte die Blicke der Höflinge auf diese Kleine lenken, um sie von unser beider Lust abzuziehen! – Aber seht doch, Isabeau, es ist wirklich eine große Feuersbrunst, – und die Flammen steigen vom Louvre her auf!«
Bei diesen Worten richtete sich die Königin empor, sah den Viztum starr und wortlos an und schüttelte den Kopf, und dann drückte sie lässig und spöttisch lächelnd einen langen Kuß auf die Lippen des jungen Mannes.
»Das alles wirst du Maître Cappeluche erzählen, wenn du dieser Tage auf der Place de Grève von ihm aufs Rad geflochten wirst! – Ihr seid ein abscheulicher Brandstifter, mein Schatz!«
Und da sie die Düfte, die von seinem orientalisch gesalbten Körper ausströmten, entflammten und ihr die Sinne benahmen, bis sie nicht mehr zu denken vermochte, preßte sie sich an ihn.
Die Sturmglocke läutete immer weiter, und man konnte in der Ferne die Schreie der Menge hören.
Er antwortete scherzend:
»Bliebe das Verbrechen nicht immerhin noch zu beweisen?« Und er gab ihr den Kuß zurück.
»Zu beweisen, Bösewicht?«

»Doch wohl?«
»Könntest du die Zahl der Küsse beweisen, die du von mir empfangen hast? Das hieße soviel wie Schmetterlinge zählen wollen, die an einem Sommerabend umherflattern!«
Er betrachtete die feurige – und so bleiche! – Geliebte, die ihm gerade erst die höchsten Wonnen und Hingabe an die köstlichste Sinnenlust geschenkt hatte.
Er ergriff ihre Hand.
»Das wird übrigens sehr einfach sein«, fuhr die junge Frau fort. »Wer hätte denn weiter ein Interesse daran gehabt, einen Brand zu nutzen, um die Tochter des Messire Escabala zu entführen? Du allein. Du hast bei der Wette dein Wort verpfändet! – Und da du ja auch niemals sagen könntest, wo du dich aufgehalten hast, als das Feuer ausbrach . . . Du siehst, das genügt im Châtelet vollkommen als Grundlage für einen Strafprozeß. Zunächst leitet man ihn ein, und dann . . .«, sie gähnte behaglich, »tut die Folter das übrige.«
»Ich könnte nicht sagen, wo ich war?« fragte Monsieur de Maulle.
»Zweifellos, denn Ihr befandet Euch zu dieser Stunde, zu Lebzeiten des Königs Karl VI., in den Armen der Königin von Frankreich, Kindskopf Ihr!«
Von zwei Seiten her drohte ihm Anklage, und wahrhaftig und grauenvoll erhob sich der Tod.
»Das ist richtig!« sagte der edle Monsieur de Maulle, vom süßen Blick seiner Freundin bezaubert.
Er berauschte sich damit, diesen jungen Leib, der in das laue, goldrot gleißende Haar gehüllt war, mit seinem Arm zu umschlingen.
»Das sind ja Träume«, sagte er. »O mein geliebtes Leben!«
Sie hatten am Abend musiziert; seine Laute lag hingeworfen auf einem Kissen; jetzt sprang von selbst eine Saite.
»Schlaf nun, mein Engel! Du bist müde!« sagte Isabeau

und drückte die Stirn des jungen Mannes sanft an ihre Brust.
Das Geräusch des Instruments hatte ihn zusammenfahren lassen; Liebende neigen zum Aberglauben.
Am nächsten Tag wurde der Viztum de Maulle verhaftet und in einen Kerker des Grand Châtelet geworfen. Der Prozeß begann mit der besagten Anschuldigung. Die Dinge verliefen genau so, wie es ihm die königliche Zauberin angekündigt hatte, ›deren Schönheit so wi-

derstandsfähig war, daß sie alle ihre Liebhaber überleben sollte‹.
Es war dem Viztum de Maulle unmöglich, das beizubringen, was man in der Gerichtssprache ein Alibi nennt. Nach vorheriger gewöhnlicher und außergewöhnlicher Befragung während der Verhöre wurde verkündet, er sei zum Tode durch das Rad verurteilt.
Von den Strafen für Brandstifter, wie der schwarze Schleier und so weiter, wurde ihm keine erlassen.
Doch es ereignete sich im Grand Châtelet etwas sehr Merkwürdiges.
Der Advokat des jungen Mannes faßte zu ihm eine tiefe

Zuneigung, denn de Maulle hatte ihm alles gestanden.
Angesichts der Unschuld des Monsieurs de Maulle machte sich der Verteidiger einer heroischen Tat schuldig. Am Vorabend der Hinrichtung kam er in den Kerker des Verurteilten und ließ ihn in seiner Robe entweichen. Kurz, er blieb an seiner Statt zurück.
Hatte er ein so edelmütiges Herz? War er ehrsüchtig, und spielte er ein gewagtes Spiel? Wer vermöchte das jemals herauszufinden!
Der Viztum de Maulle, von der Folter noch ganz erschöpft und voller Brandwunden, passierte die Grenze und starb im Exil. Der Advokat aber wurde an seiner Stelle festgehalten.
Als die schöne Freundin des Viztums de Maulle von der Flucht des jungen Mannes Kenntnis erhielt, empfand sie darüber lediglich heftigsten Mißmut.*
Sie mochte sich dem Verteidiger ihres Freundes nicht erkenntlich zeigen.
Damit der Name des Monsieur de Maulle aus der Liste der Lebenden gestrichen wurde, befahl sie trotzdem die Vollstreckung des Richterspruchs.
Und so wurde dann der Advokat an Stelle des edlen Monsieurs de Maulle auf der Place de Grève aufs Rad geflochten.
Betet für sie beide.

* Eine merkwürdige Sache und ebensowenig bekannt wie viele andere. Fast alle Historiker jener Zeit stimmen in der Erklärung überein, daß Königin Isabeau von Bayern – von ihrer Hochzeit an bis zu dem Augenblick, in dem der Wahnsinn des Königs offenbar wurde – dem Volk, den Armen und allen übrigen als ›ein Engel an Güte, eine fromme und gesittete Fürstin‹ erschienen sei. – Es bleibt also zu vermuten, daß die wirkliche Krankheit des Königs und das Beispiel zügelloser Freiheit des Hofes dem neuen Gesichtswinkel, unter dem ihr Charakter von den Tagen an erscheint, von denen wir hier erzählen, nicht fremd waren.

Duke of Portland

FÜR HENRY LA LUBERNE

Ihr Herren, seid willkommen in Elsinore.

Shakespeare: ›Hamlet‹

Erwarte mich dort.
Ich werde bestimmt in jenem tiefen Tal
wieder mit dir zusammensein.

Bischof Hall

Gegen Ende des letzten Jahrzehntes, nach seiner Rückkehr aus dem Vorderen Orient, war Richard, Herzog von Portland, der einst in ganz England seiner nächtlichen Feste, seiner siegreichen Vollblutpferde, seiner Boxkunst, seiner Fuchsjagden, seiner Schlösser, seines sagenhaften Reichtums, seiner abenteuerlichen Reisen und seiner Liebesgeschichten wegen berühmte junge Lord, plötzlich verschwunden.
Ein einziges Mal nur hatte man eines Abends gesehen, wie seine hundertjährige vergoldete Karosse mit heruntergelassenen Vorhängen, im dreifachen Galopp und von fackeltragenden Reitern umgeben, durch den Hydepark fuhr.
Dann hatte sich der Herzog auf sein Stammschloß zurückgezogen – ein Einsiedlerleben, das ebenso plötzlich begann, wie es merkwürdig berührte. Er war zum einsamen Bewohner dieses festen Schlosses mit Zinnen geworden, das in alten Zeiten inmitten düsterer Gärten und Rasenflächen mit Baumgruppen auf dem Vorgebirge von Portland erbaut worden ist.
Dort gibt es als einzige Nachbarschaft ein rotes Leuchtfeuer, das zu jeder Zeit den schwerfälligen Dampfschiffen, wenn sie ins Weite hinausstampfen und sich ihre Rauchfahnen am Horizont kreuzen, den Weg durch den Nebel weist.
Eine Art Fußpfad, der gegen das Meer hin abfällt, eine sich windende, zwischen weit sich hinstreckenden Fel-

sen eingegrabene Allee, die in ihrer ganzen Länge von wild wachsenden Kiefern umsäumt ist, öffnet unten ihre schweren, vergoldeten Gitter unmittelbar auf dem Sand des zur Flutzeit überspülten Strandes.

Unter der Regierung Heinrichs VI. rankten sich Legenden um diese Burg, deren Inneres im Schein der Buntglasfenster von feudalen Reichtümern hell erstrahlte.

Auf dem Söller, der ihre sieben Türme miteinander verbindet, wacht noch zwischen jeder Schießscharte hier eine Gruppe von Bogenschützen, dort ein Ritter aus Stein, die alle in Kampfstellungen zur Zeit der Kreuzzüge geschaffen wurden.*

Des Nachts bieten diese Statuen, deren jetzt von schweren Gewitterregen und dem Rauhreif mehrerer hundert Winter zerstörte Gesichter mehrfach durch Blitzschläge ihren Ausdruck verändert haben, ein verschwommenes Bild, das zu den abergläubischsten Vorstellungen verleitet. Und wenn sich dann die durch den Sturm aufgewühlten vielgestaltigen Flutmassen in der Dunkelheit heftig auf das Vorgebirge stürzen, kann sich die Phantasie eines verirrten Wanderers, der den Strand entlangeilt, unterstützt vor allem durch den auf diese granitenen Schatten fallenden fahlen Schein des Mondes, beim Anblick dieses Schlosses einen ewigen Angriff vorstellen, den eine heldenmütige, gespenstige Besatzung Bewaffneter gegen eine Legion böser Geister führt. Was bedeutete diese Absonderung des sorglos lebenden englischen Edelmannes? Wurde er von Lebensüberdruß befallen? Er, ein von Natur aus so fröhlicher Mensch? Unmöglich! War es irgendein mystischer Einfluß, den seine Reise in den Orient mit sich gebracht hatte? –

* Das Schloß Northumberland entspricht dieser Beschreibung weit eher als das von Portland. – Ist es erforderlich, hinzuzufügen, daß der Autor, wenn auch der Schauplatz und die meisten Details dieser Geschichte authentisch sind, die Gestalt des Herzogs von Portland selbst etwas verändert erscheinen lassen mußte, da er diese Geschichte so niederschrieb, wie sie sich hätte zutragen müssen?

Vielleicht. Man hatte sich bei Hofe über dieses Verschwinden beunruhigt. Von Westminster aus war durch die Königin eine Botschaft an den unsichtbar gewordenen Lord gesandt worden. –
Gegen einen Kandelaber gelehnt, hatte sich Königin Victoria an diesem Abend länger bei einer Sonderaudienz verweilt. Neben ihr saß auf einem Elfenbeinschemel eine junge Vorleserin, Miß Helena H***.
Da traf von Lord Portland eine schwarz versiegelte Antwort ein.
Nachdem das junge Mädchen den herzoglichen Brief geöffnet hatte, überflog es mit seinen blauen Augen, in denen der heitere Glanz des Himmels wohnte, die wenigen Zeilen, die er enthielt. Unvermittelt, ohne ein Wort überreichte sie den Brief mit geschlossenen Lidern Ihrer Majestät.
Die Königin las ihn nun also schweigend selbst.
Bei den ersten Worten schien sich auf ihrem für gewöhnlich unbewegten Gesicht ein großes trauriges Erstaunen auszuprägen. Sie erschauerte sogar und hielt dann stumm das Papier in die brennenden Kerzen. – Indem sie danach den verbrennenden Brief auf die Steinfliesen fallen ließ, sagte sie zu den Peers, die sich nur wenige Schritte von ihr entfernt aufhielten:
»Mylords, Sie werden unseren teuren Herzog von Portland nicht wiedersehen. Er gedenkt seinen Sitz im Parlament nicht mehr einzunehmen. Wir entbinden ihn von dem Amt durch ein dazu notwendiges Privileg. Sein Geheimnis sei gewahrt! Machen Sie sich um seine Person keine Sorgen weiter, und keiner seiner Gäste versuche jemals, das Wort an ihn zu richten.«
Dann verabschiedete sie den alten Kurier des Schlosses mit einer Handbewegung.
»Sie werden dem Herzog von Portland das, was Sie hier eben gesehen und gehört haben, berichten«, fügte sie nach einem Blick auf die schwarze Asche des Briefes hinzu.

Nach diesen geheimnisvollen Worten hatte sich Ihre Majestät erhoben, um sich in ihre Gemächer zurückzuziehen. Beim Anblick ihrer Vorleserin jedoch, die unbeweglich und wie eingeschlafen sitzen geblieben war, die Wange an ihren jungen weißen, auf dem purpurnen Stoff des Tisches ruhenden Arm gelehnt, flüsterte die noch immer bestürzte Königin sanft:

»Wollen Sie mir folgen, Helena?«

Da Helena in ihrer Haltung verharrte, bemühte man sich um sie.

Ohne daß ein Erblassen ihre Erregung verraten hätte – denn wie könnte eine Lilie erblassen? –, war sie ohnmächtig geworden.

Ein Jahr nachdem Ihre Majestät diese Worte ausgesprochen hatte, sahen die Schiffe, die in einer stürmischen Herbstnacht einige Meilen von Kap Portland entfernt vorüberfuhren, die Burg hell erleuchtet.

Oh, das war nicht das erste der nächtlichen Feste, die zu jeder Jahreszeit von dem abwesenden Lord gegeben wurden!

Und man sprach von ihnen, denn das düster Bizarre daran grenzte, da der Herzog nicht teilnahm, ans Phantastische.

Diese Feste wurden nicht etwa in den Gemächern des Schlosses gefeiert. Niemand betrat sie mehr; Lord Richard, der einsam nur den Schloßturm bewohnte, schien sie vergessen zu haben.

Gleich nach seiner Rückkehr hatte er die Mauern und Gewölbe der weiten unterirdischen Räume dieses Wohnsitzes mit riesigen venezianischen Spiegeln verkleiden lassen. Der Fußboden der Räume war nun mit Marmor und leuchtenden Mosaiken ausgelegt. Nichts als feinmaschige Wandbespannungen, zwischen gewundenen Fransen halb geöffnet, trennten eine Flucht von wundervollen Sälen voneinander, in denen unter schimmernden Goldbalustern, lichtüberflutet, inmitten tropischer Blütenpracht, duftender Springbrunnen in

flachen Becken aus Porphyr und schöner Statuen eine Einrichtung aus orientalischen Möbeln, mit kostbaren Arabesken ausgeschmückt, sichtbar wurde.
Dort versammelte sich auf eine freundschaftliche Einladung des Schloßherrn von Portland, der ›bedauerte, immer abwesend sein zu müssen‹, eine glänzende Menge, die ganze Elite der jungen Aristokratie Englands, die verführerischsten Künstlerinnen und die sorglosesten Schönen der Gentry.
Lord Richard wurde von einem seiner ehemaligen Freunde vertreten. Und dann begann eine fürstlich ungehemmte Nacht.
Allein der Sessel des jungen Lords am Ehrenplatz beim Festmahl blieb leer, und das herzogliche Wappen, das die Rückenlehne überragte, war immer mit einem langen Trauerflor verhüllt.
Die Blicke, die in Trunkenheit oder Freude bald heller leuchteten, wandten sich gern davon ab und reizvolleren Dingen zu.
So geschah es, daß um Mitternacht auf Portland unter der Erde, in luxuriösen Sälen und inmitten berauschender Düfte exotischer Blüten Küsse, Becherklang, trunkene Lieder und Musik verhallten.
Doch wenn einer der Gäste sich um diese Stunde von der Tafel erhoben und, um Meeresluft zu atmen, nach draußen in die Dunkelheit und durch die Böen der alles verheerenden Winde der freien See an den Strand gewagt hätte, so hätte er vielleicht ein Schauspiel wahrgenommen, das ihm, zumindest für den Rest der Nacht, seine frohe Stimmung hätte trüben können.
Denn oft war gerade um diese Stunde in der gewundenen Allee, die zum Ozean hinabführt, ein in einen Mantel gehüllter Edelmann mit einer glimmenden Zigarre in der lang behandschuhten Hand nach dem Strand unterwegs, und sein Gesicht war von einer Maske aus schwarzem Stoff bedeckt, an die sich eine runde, den übrigen Kopf versteckende Kapuze an-

schloß. Zwei Diener mit weißem Haar gingen vor ihm wie ein Trugbild einer längst vergangenen Mode; zwei andere folgten ihm mit einigen Schritten Abstand und hielten qualmende, rotglühende Fackeln hoch.
Ihnen voran ging ein Knabe, der ebenfalls Trauerlivree trug, und dieser Page setzte einmal in jeder Minute eine Glocke mit kurzen Schlägen in Bewegung, um weithin zu verkünden, daß man den Weg des Spaziergängers meiden möge. Und der Anblick dieser kleinen Gruppe ließ einen jeden ebenso erstarren wie der Zug eines zum Tode Verurteilten.
Das Gitter am Gestade öffnete sich vor diesem Mann; sein Gefolge ließ ihn allein, während er bis zum Rand der Meereswogen weiterging. Dort blieb er in Wind, Regen und Gewitter und angesichts des tobenden Ozeans wie in Gedanken der Verzweiflung verloren, als

berausche er sich an der Trostlosigkeit der Weite, unbeweglich stehen und sah aus wie die steinernen Schemen auf dem Söller. Nach einer Stunde solchen Versunkenseins kehrte die düstere Gestalt, noch immer von den Fackeln begleitet und vom Schlag der Glocke angeführt, auf dem gleichen Pfad, den sie abwärts gegangen war, wieder nach dem Schloßturm zurück. Und oft suchte sie taumelnd an den rauhen Felsen Halt.
Der jenem Herbstfest vorausgegangene Morgen fand die junge Vorleserin der Königin, die seit der ersten Botschaft immer tiefe Trauer trug, in der Kapelle Ihrer Majestät beim Gebet, als ihr ein von einem der Sekretäre des Herzogs geschriebenes Briefchen überbracht wurde.
Es enthielt nur die beiden Worte ›Heute abend‹, die sie mit Erschauern las.
Deshalb hatte gegen Mitternacht eines der königlichen Boote in Portland angelegt. Eine jugendliche weibliche Gestalt in einem dunklen Mantel war ganz allein ausgestiegen. Nachdem sich die Erscheinung auf dem im Dämmer liegenden Strand umgesehen hatte, war sie hastig in Richtung des durch den Wind herübergetragenen Klanges des Glöckchens auf die Fackeln zugeeilt.
Auf dem Sand lag in seinem Mantel, auf einen Stein gestützt und von Zeit zu Zeit von Todesschauern geschüttelt, der Mann mit der geheimnisvollen Maske.
»O Unglücklicher!« rief unter Schluchzen und das Gesicht verbergend die junge Erscheinung, als sie, barhaupt, bei ihm anlangte.
»Leb wohl! Leb wohl!« antwortete er.
In der Ferne hörte man Gesang und Gelächter aus den unterirdischen Gemächern des Adelssitzes dringen, deren Licht sich widerspiegelnd auf den Wellen wiegte.
»Du bist frei!« fügte er hinzu und ließ seinen Kopf auf den Stein zurückfallen.

»Du bist erlöst!« erwiderte die eben angekommene junge Frau, indem sie vor dem Blick dessen, der wieder verstummt war, ein kleines goldenes Kreuz zum gestirnten Himmel emporhob.
Nach langem Schweigen, und wie sie so mit geschlossenen Augen und unbeweglich in dieser Haltung bei ihm verharrte, murmelte er unter einem tiefen Seufzer:
»Auf Wiedersehen, Helena!«
Als sich nach einer Stunde des Wartens die Diener wieder näherten, sahen sie das junge Mädchen neben ihrem Herrn auf dem Sande knien und beten.
»Der Herzog von Portland ist tot«, sagte sie.
Und sie ging, sich auf die Schulter eines dieser Alten

stützend, zu dem Boot zurück, das sie hergeführt hatte.
Drei Tage darauf konnte man in den Hofnachrichten die folgende Bekanntmachung lesen:
›Miß Helena H***, die Verlobte des Herzogs von Portland, die zur orthodoxen Religion übergetreten ist, hat gestern den Schleier der Karmeliterinnen von L*** genommen.‹
Durch welches Geheimnis aber verfiel der mächtige Lord dem Tode?
Als sich der junge Herzog eines Tages auf seinen ausgedehnten Reisen im Orient in der Gegend von Antiochia von seiner Karawane entfernt hatte, hörte er bei einem Gespräch mit einheimischen Fremdenführern von einem Bettler, den man voll Grauen mied und der allein inmitten der Ruinen hauste.
Da kam ihm der Gedanke, diesen Mann zu besuchen; denn keiner entgeht seinem Schicksal.
Nun war aber dieser unselige Lazarus der letzte, der hier auf Erden noch mit der großen Lepra aus alter Zeit behaftet war, der trockenen und unheilbaren Lepra, diesem unerbittlichen Übel, von dem nur Gott allein ehedem die Hiobs der biblischen Geschichte wieder genesen lassen konnte.
Ganz allein wagte es also Portland trotz der Bitten seiner entsetzten Führer, der Ansteckung in dem höhlenartigen Loch, in dem die Paria der Menschheit röchelte, zu trotzen.
Dort hatte der bleiche Edelmann, der bis zum Wahnwitz furchtlos war, wohl aus einer gewissen Prahlerei des großen Herrn heraus darauf bestanden, diesem Elenden, mit dem Tode Ringenden die Hand zu geben, als er ihm eine Handvoll Goldstücke reichte.
Im gleichen Augenblick war eine Trübung über seine Augen geglitten. Als er am Abend fühlte, daß er verloren war, verließ er die Stadt und das Landesinnere und hatte, als die ersten Anfälle einsetzten, bereits das freie

Meer gewonnen, denn er wollte auf seinem Stammschloß Heilung suchen oder dort sterben.
Aber angesichts des rasch um sich greifenden Aussatzes, der sich während der Überfahrt zeigte, begriff der Herzog wohl, daß er keine andere Hoffnung mehr hegen konnte als die, eines schnellen Todes zu sterben.
Es war um ihn geschehen. Lebt wohl, Jugend, Glanz des alten Namens, zärtliche Braut, Nachkommen des Ge-

schlechts! Lebt wohl, Kraft, Freuden, unschätzbares Vermögen, Schönheit und Zukunft! Alle Hoffnung wurde in dem unseligen Handschlag begraben. Der Lord hatte den Bettler beerbt. Eine Sekunde des Prahlens – eine zu edle Regung vielmehr! – hatte dieses glanzvolle Dasein in das Geheimnis eines verzweifelten Todes hineingerissen . . .
So ging der Herzog Richard von Portland, der letzte Leprakranke der Welt, zugrunde.

Die Demoiselles de Bienfilâtre

FÜR THEODORE DE BANVILLE

»Mehr Licht!«
Goethes letzte Worte

Pascal sagt uns, daß Gut und Böse, vom Standpunkt der Taten aus gesehen, eine Frage des ›Breitengrades‹ ist. Und es kann wirklich eine menschliche Handlung hier als Verbrechen gelten, die andernorts als gute Tat angesehen wird, und umgekehrt. So hält man in Europa allgemein seine alten Eltern in Ehren, während man sie bei gewissen Stämmen Amerikas überredet, auf einen Baum zu steigen, den man dann schüttelt. Fallen sie herunter, so ist es für jeden guten Sohn heilige Pflicht, sie, wie ehemals bei den Messeniern, auf der Stelle mit kräftigen Tomahawkschlägen zu töten, um ihnen die Nöte der Altersschwäche zu ersparen. Haben sie aber Kraft genug, sich an einem der Äste festzuhalten, dann sind sie zum Jagen und Fischen tauglich, und man schiebt ihre Opferung noch auf. – Ein weiteres Beispiel sind die Völker des Nordens, die gern Wein trinken, jene funkelnde Flut, in der die liebe Sonne gleichsam gefangen ist. Auch unsere eigene Religion lehrt uns, daß ›der edle Wein das Herz erhebt‹. Dagegen wird im Süden, bei den benachbarten Mohammedanern, diese Auffassung als schwere Sünde angesehen. – In Sparta war der Diebstahl üblich und galt als durchaus ehrenhaft. Er war eine von Priestern geheiligte Tradition, eine unerläßliche Ergänzung der Erziehung aller achtbaren Lakedämonier. Von ihnen stammen ohne Zweifel die Griechen ab. – In Lappland wiederum sieht es der Familienvater als Ehre an, wenn seine Tochter Gegenstand jeglicher Artigkeitsbeweise wird, deren der Reisende, den sein Haus beherbergt, fähig ist. In Bessarabien ist es ebenso. – Wenn du im Norden von Persien und bei den unterentwickelten Völkerstämmen von Kabul, die in sehr alten Grabstätten leben, in irgendeinem

dieser behaglichen Gräber eine gastfreundliche und herzliche Aufnahme erfahren hast und nach Ablauf von vierundzwanzig Stunden nicht mit der gesamten Nachkommenschaft deines Gastgebers, seien es Gebern, Parsen oder Wahabiter, auf vertrautem Fuße stehst, so bleibt zu erwarten, daß dir ganz einfach der Kopf abgeschlagen wird, eine Hinrichtungsart, die in dieser Gegend sehr beliebt ist. Physisch sind die Handlungen gleichgültig, allein das Gewissen jedes einzelnen macht sie gut oder böse. Der mysteriöse Ausgangspunkt, der diesem ungeheuren Mißverstehen zugrunde liegt, ist jenes angeborene Bedürfnis des Menschen, sich selbst Bewertungsunterschiede und Zweifel zu schaffen, sich die eine Handlungsweise eher zu versagen als eine andere, je nachdem ihm der Wind seines Landes diese oder jene einbläst. Ja, man möchte meinen, daß bei der gesamten Menschheit irgendein Gesetz in Vergessenheit geraten ist, dessen sie sich, im Dunkeln tappend, zu erinnern sucht.
Es ist schon einige Jahre her, da stand als Stolz unserer Boulevards ein geräumiges, strahlendes Café in Blüte; es lag einem unserer Volkstheater fast gegenüber, dessen Vordergiebel an einen heidnischen Tempel erinnerte. Dort traf sich täglich die Auslese jener jungen Leute, die sich seitdem entweder durch ihre künstlerische Bedeutung oder durch ihre Unfähigkeit, oder auch durch ihre Haltung in den bewegten Tagen, die wir hinter uns brachten, ausgezeichnet haben.
Unter diesen waren sogar einige, in deren Händen einmal die Zügel des Staatskarrens gelegen haben. Wie man schon merkt, handelte es sich um nichts Geringes, was man in diesem Café aus Tausendundeiner Nacht vorfand. Der Pariser Bürger pflegte von jenem Pandämonium nur mit gesenkter Stimme zu reden. Oftmals warf der Präfekt so von ungefähr, wie man es mit Visitenkarten tut, eine Blütenlese, einen unvermuteten Strauß von Stadtpolizisten hinein. Diese stäubten dann

mit der zerstreuten und lächelnden Miene, die sie auszeichnet, wie spielend mit dem Ende ihres Ballumhangs die zu Scherz aufgelegten und randalierenden Personen ab. Das war eine Aufmerksamkeit, die, so delikat sie war, doch nicht weniger empfindlich wirkte. Am nächsten Tag schien nichts mehr daran zu erinnern.
Auf der Terrasse stellte sich zwischen der Kutschenreihe und den Fenstern ein Damenflor in ausgefallenen Toiletten zur Schau, ein wahres Blütenmeer von Chignons,

wie dem Zeichenstift von Guys entschlüpft; sie saßen auf Stühlen neben schmiedeeisernen, hoffnungsvoll grün gestrichenen, einfüßigen Tischchen, auf denen die ausgeschenkten Getränke standen. Die Augen hatten etwas vom Falken, aber auch etwas vom Federvieh. Während die einen große Blumensträuße auf ihren Knien hielten, hatten andere einen kleinen Hund und wieder andere gar nichts. Man hätte gemeint, sie erwarteten irgendwen.

Unter diesen jungen Frauen fielen zwei durch ihre Ausdauer auf. Die Stammgäste dieses berühmten Lokals nannten sie kurzweg Olympe und Henriette. Sie pflegten bei Anbruch der Dunkelheit zu kommen, sich in eine gut beleuchtete Nische zu setzen und, mehr der Form wegen als aus wahrem Bedürfnis, ein Gläschen Magenlikör oder ein Glas Kaffee zu bestellen und dann die Vorübergehenden sehr gründlich zu beobachten. Das also waren die Demoiselles de Bienfilâtre!

Ihre Eltern, rechtschaffene, durch die Schule des Unglücks gegangene Leute, hatten nicht die Mittel gehabt, sie die Freuden einer Lehrzeit auskosten zu lassen, da die Tätigkeit des sittenstrengen Paares hauptsächlich darin bestand, sich fortwährend mit verzweifelten Gebärden an die lange Quaste zu hängen, die mit dem Schloß einer Haustür verbunden ist. Welch mühsames Gewerbe, und nur, um so gut wie nichts oder nur dünn gesät ein paar Kupfermünzen zu erhalten! Nie war ihnen ein Gewinn in der Lotterie zugefallen. So brummte Bienfilâtre verdrossen, wenn er sich früh seinen Gerstentrank bereitete. Olympe und Henriette begriffen als ehrfurchtsvolle Töchter frühzeitig, daß sie helfend eingreifen mußten. Schon von Kindheit an Freudenmädchen, opferten sie den Ertrag ihrer schlaflosen Nächte und ihrer anstrengenden Arbeit, um in der Pförtnerwohnung ein zwar bescheidenes, aber anständiges Dasein aufrechtzuerhalten. – »Gott segne unsere Mühen«, sagten sie manchmal, denn man hatte ihnen gute Grundsätze beigebracht, und eine schon in jungen Jahren auf handfesten Grundsätzen fundierte Erziehung muß früher oder später ihre Früchte tragen. Wenn man sie besorgt ausforschte, ob ihre manchmal übermäßige Arbeit nicht etwa ihre Gesundheit angriffe, so antworteten sie ausweichend mit sanfter Miene und von Bescheidenheit gehemmt, niedergeschlagenen Auges: »Das ist so in unserem Stand . . .«

Die Demoiselles de Bienfilâtre gehörten zu jenen Arbeiterinnen, die – wie man sagt – ›die Nacht zum Tag machen‹. Sie entledigten sich einer so undankbaren und ermüdenden Aufgabe (im Hinblick auf gewisse Vorurteile der Welt) so würdig wie nur möglich. Sie gehörten nicht zu jenen Müßiggängerinnen, die die geheiligten Schwielen der Arbeit als entehrend empfinden, und erröteten nicht um ihretwillen. Man sagte ihnen manche edlen Wesenszüge nach, bei denen die Asche Monthyons in seinem schönen Grabmal noch hätte bewegt sein müssen. Unter anderem hatten sie eines Abends miteinander gewetteifert und sich beim Aufbringen der Kosten für das Begräbnis eines alten Onkels selbst übertroffen, der ihnen nichts anderes hinterlassen hatte als die Erinnerung an unterschiedlich starke Ohrfeigen, die ihnen ehedem in den Tagen ihrer Kindheit zuteil geworden waren. Auch begegneten ihnen alle Stammgäste des angesehenen Lokals, unter denen welche waren, die nicht gern Zugeständnisse machten, wohlwollend. Immer wurde ihr Blick und ihr Lächeln durch eine freundschaftliche Geste, ein ›Guten Abend‹ mit Händedruck erwidert. Niemals hatte sich jemand über sie beklagt oder ihnen Vorwürfe gemacht. Jeder erkannte an, daß sich der Umgang mit ihnen unauffällig und zuvorkommend vollzog. Kurzum, sie waren keinem etwas schuldig, erfüllten getreulich alle von ihnen eingegangenen Verpflichtungen und konnten somit ihren Kopf hoch tragen. In beispielhafter Weise legten sie immer etwas für Unvorhergesehenes, für eventuell bevorstehende ›schwere Zeiten‹ beiseite, und um eines Tages auf ehrenhafte Weise ihr Geschäft aufgeben zu können. Da sie auf sich hielten, zogen sie sich sonntags zurück. Den Worten junger Stutzer, die zu nichts weiter nütze sind, als junge Mädchen vom dornigen Pfad der Pflicht und Arbeit abzubringen, schenkten sie, gescheit, wie sie waren, kein Gehör. Sie waren der Ansicht, daß heutzutage in der Liebe nur der Mond umsonst zu haben ist. Ihr Wahlspruch war: ›Bereitwil-

ligkeit, Sicherheit, Verschwiegenheit‹, und auf ihren Visitenkasten stand ferner: ›Spezialitäten‹.
Eines Tages nahm es mit der Jüngeren, Olympe, einen schlechten Ausgang. Dieses unglückselige Kind, an dem man bis jetzt nichts auszusetzen hatte, gab den Versuchungen nach, denen es in dem Milieu, in dem es seines Berufs wegen leben mußte, mehr als andere, die es vielleicht vorschnell zu tadeln geneigt sind, ausgesetzt war. Kurzum, sie beging den Fehler, sich zu verlieben.
Das war ihr erster Fehltritt. Wer aber kann das Unglück ermessen, in das ein erster Fehler uns hineinziehen kann? Ein junger Student, Maxime genannt – den Familiennamen wollen wir verschweigen –, der aufrichtig und schön, aber arm wie Hiob war und auch eine für die Kunst aufgeschlossene und leidenschaftliche Seele besaß, sagte ihr Schmeicheleien und verführte sie.
Er erregte in diesem bedauernswerten Geschöpf eine überschwengliche Liebe, die zu empfinden ihr durch ihren Beruf ebensowenig zukam – wie es Eva erlaubt gewesen war, die göttliche Frucht vom Baume des Lebens zu essen. Von diesem Tage an waren alle ihre Pflichten vergessen. Alles ging ungeordnet drunter und drüber. Tu einmal etwas dagegen, wenn so ein Mädelchen die Liebe zu Kopf steigt!
Ihre Schwester aber, die edle Henriette, ach, sie brach nun, wie man sagt, unter der Bürde fast zusammen. So manches Mal stützte sie den Kopf in die Hände, sowohl an der Familie als auch an Lebensgrundsätzen, ja an der Gesellschaft selbst, kurzum an allem verzweifelnd. »Alles nur leere Worte!« klagte sie. Eines Tages war sie Olympe begegnet, die ein einfaches schwarzes Kleid trug, ohne Kopfbedeckung war und einen kleinen Blechnapf in der Hand hielt. Henriette hatte ihr im Vorübergehen, ohne jedoch merken zu lassen, daß sie sie kannte, ganz leise zugeflüstert: »Schwester, es ist unmöglich, wie du dich aufführst! Wahre wenigstens den äußeren Schein!«

Durch diese Worte erhoffte sie sich vielleicht eine Wendung zum Guten.
Alles war vergebens. Henriette begriff, daß Olympe verloren war; sie errötete und ging weiter.
Tatsache war, daß man in dem ehrenwerten Lokal über alles geschwatzt hatte. Wenn Henriette abends allein ankam, wurde ihr nicht mehr der gleiche Empfang zuteil. Es gibt eben so etwas wie Solidarität! Sie stellte gewisse feine, sie kränkende Unterschiede fest. Seit dem Bekanntwerden von Olympes Untreue verhielt

man sich ihr gegenüber kühler. Da sie stolz war, lächelte sie, wie einst der junge Spartaner, dem ein Fuchs die Brust zerriß; doch trafen alle diese Stiche ihr empfindsames und redliches Herz. Wahrem Zartgefühl fügt oft eine Kleinigkeit mehr Schmerz zu als eine grobe Beleidigung, und in diesem Punkt war Henriette empfindlich wie eine Mimose. Wie mußte sie also leiden!
Und erst am Abend, beim Essen im Familienkreise! Vater und Mutter aßen mit gesenkten Köpfen, schwei-

gend. Von der Abwesenden wurde überhaupt nicht gesprochen. Beim Nachtisch dann, wenn man den Likör trank, drückten sich Henriette und ihre Mutter, nachdem sie sich einen Blick zugeworfen und dabei eine Träne weggewischt hatten, unter dem Tisch stumm die Hände. Und der alte Portier, mit sich uneinig, zog dann ohne irgendeinen Grund an der Schnur zum Öffnen der Haustür, um seine Tränen zu verbergen. Manchmal fuhr er unvermittelt und den Kopf wegwendend mit der

Hand an sein Knopfloch, als wollte er sich irgendwelche Ehrenzeichen abreißen.
Einmal versuchte der Türsteher sogar, seine Tochter zurückzuholen. Niedergeschlagen nahm er es auf sich, die sieben Stockwerke zu dem jungen Mann hinaufzusteigen. Dort brachte er schluchzend hervor: »Ich möchte mein armes Kind wiederhaben!« – »Aber Monsieur«, antwortete Maxime, »ich liebe sie doch und bitte Sie um ihre Hand.« – »Elender!« hatte darauf Bienfilâtre ausgerufen und war, über diesen ›Zynismus‹ aufgebracht, weggelaufen.

Henriette hatte den Kelch bis zur Neige geleert. Es mußte ein letzter Versuch unternommen werden; sie entschloß sich also, alles daranzusetzen und sogar einen Skandal nicht zu scheuen. Eines Abends erfuhr sie, daß die beklagenswerte Olympe ins Café kommen würde, um eine kleine frühere Schuld zu begleichen. Sie unterrichtete ihre Familie davon, und man begab sich daraufhin gemeinsam nach dem hell erleuchteten Café.
Ganz so wie Mallonia, die, von Tiberius entehrt, vor dem römischen Senat erschien, um, bevor sie sich aus Verzweiflung erstach, ihren Verführer anzuklagen, betrat Henriette den Saal der Sittenstrengen.

Vater und Mutter blieben, um ihre Würde zu wahren, an der Tür stehen. Man war beim Kaffeetrinken. Beim Anblick Henriettes wurde der Gesichtsausdruck der Anwesenden abweisender; als man jedoch merkte, daß sie etwas sagen wollte, sanken die langen Zeitungshalter auf die Marmortische, und es breitete sich feierliche Stille aus, denn es handelte sich darum, Gericht zu halten.

Man sah abgesondert, an einem kleinen Tischchen in einer Ecke, in ihrem einfachen schwarzen Kleid die verlegene Olympe, die sich vor Scham gleichsam in sich verkroch.

Henriette begann zu sprechen. Während ihrer Rede konnte man durch die Fensterscheibe die beunruhigten Bienfilâtres wahrnehmen, die zusahen, ohne zu hören. Schließlich konnte es der Vater nicht mehr aushalten, er öffnete die Tür einen Spalt und lauschte, etwas vorgeneigt, die Hand am Türknopf, angestrengt hinein.

Und wenn Henriette die Stimme ein wenig erhob, drangen Bruchstücke von Sätzen an sein Ohr, wie: Man ist doch seinesgleichen etwas schuldig! . . . Ein solches Betragen . . . Das hieße alle anständigen Leute gegen sich aufbringen . . . So ein hergelaufener Kerl, der ihr nicht einmal einen Sou gibt! . . . Ein Nichtsnutz! . . . Die Verachtung, die auf ihr laste . . . Einfach ihre Verantwortung abzuwälzen . . . Ein Mädchen, das sich über alles hinwegsetzt! . . . das nach Grünschnäbeln gafft . . ., das vor kurzem noch . . . auf dem Strich eine erste Rolle spielte . . . Sie hoffe, daß die Stimmen dieser Herren hier, die berufener seien als die ihre, daß ihre durch lange Erfahrung weitsichtigeren Ratschläge sie wieder auf gesündere und vernünftigere Gedanken brächten . . . Man ist doch nicht auf der Erde, um sich zu amüsieren! . . . Sie bitte sie, sich doch ins Mittel zu legen . . . Sie habe schon Kindheitserinnerungen heraufbeschworen! . . . an die Stimme des Blutes appelliert! Alles sei vergeblich gewesen . . . Nichts könne sie mehr bewegen. Sie sei verloren! – Und was für eine Verirrung! . . . Ach!

In diesem Augenblick betrat der Vater tiefgebeugt den ehrenvollen Raum. Beim Anblick von so viel unverdientem Unglück erhoben sich alle Anwesenden. Es gibt Kummer, bei dem man kein Wort des Trostes zu sagen wagt. Ein jeder trat schweigend heran, um dem würdigen Greis die Hand zu drücken und ihm auf zurückhal-

tende Art die Anteilnahme an seinem Unglück zu bezeigen.

Olympe zog sich voller Scham und bleich zurück. Da sie sich schuldig fühlte, hatte sie einen Augenblick geschwankt, ob sie sich nicht in die für eine Reuige immer offenen Arme der Familie und der Freundschaft werfen sollte. Doch die Leidenschaft hatte den Sieg davongetragen. Eine erste Liebe schlägt im Herzen tiefe Wurzeln, die frühere Gefühle bis zum letzten Keim ersticken.

Dennoch wirkte sich der Auftritt auf Olympes Organismus höchst verhängnisvoll aus. Ihr gequältes Gewissen begehrte auf. Am nächsten Tag schon bekam sie Fieber. Sie legte sich zu Bett. Sie verging buchstäblich vor Scham. Ihre seelische Verfassung tötete den Leib, wie die Klinge ihre Hülle abnutzt.
Sie lag in ihrem winzigen Kämmerchen, und da sie ihr Ende nahen fühlte, rief sie. Hilfreiche Seelen aus der Nachbarschaft brachten ihr einen Diener des Himmels. Eine der Nachbarinnen meinte, Olympe sei entkräftet und müsse etwas Stärkendes zu sich nehmen. Darauf brachte ihr also ein Mädchen für alles eine Suppe.
Dann kam der Priester.
Der alte Geistliche bemühte sich, sie durch Worte des Friedens, der Vergebung und der Barmherzigkeit zu beruhigen.
»Ich habe einen Geliebten gehabt!« murmelte Olympe und bezichtigte sich so ihrer Schande.
Sie unterdrückte dabei all die kleinen Sünden, leidenschaftlichen Regungen und die aufreizende Unruhe ihres Lebens. Nur eines lag ihr noch im Sinn und marterte sie als einziger Gedanke. ›Einen Geliebten! Nur zum Vergnügen! Ohne etwas zu verdienen!‹ Darin bestand ihr Verbrechen.
Sie wollte ihren Fehltritt nicht etwa abschwächen, indem sie von ihrem früheren, bis dahin reinen, entsagungsvollen Leben sprach. Sie empfand nur zu gut, daß sie sich bis dahin untadelig geführt hatte. Doch nun diese Schande, der sie erlegen war, einem jungen Mann ohne Stellung treu ihre Liebe bewahrt zu haben, der ihr nach den treffenden und strafenden Worten ihrer Schwester nicht einmal einen Sou schenken konnte! Henriette, die niemals gestrauchelt war, erschien ihr wie von einem Glorienschein umgeben. Sie fühlte sich verdammt und fürchtete den Blitzstrahl des höchsten Richters, dem sie sich schon im nächsten Augenblick von Angesicht zu Angesicht gegenübersehen konnte.

Der Geistliche, der mit allen Arten menschlichen Elends vertraut war, schrieb gewisse Punkte von Olympes Beichte, die ihm unerklärlich, ja sogar wirr vorkamen, den Fieberphantasien zu. Was gewisse Ausdrücke des armen Kindes angeht, die zwei- oder dreimal den Geistlichen nachdenklich stimmten, so lag vielleicht ein Mißverständnis vor. Da aber Reue und Gewissensbisse der einzige Punkt waren, mit dem er sich ausschließlich zu beschäftigen hatte, bedeuteten Einzelheiten der Verfehlung nur wenig; denn der gute Wille der Beichtenden sowie ihr aufrichtiger Schmerz genügten. Gerade in dem Augenblick, da er die Hand erheben wollte, um die Absolution zu erteilen, wurde die Tür geräuschvoll geöffnet. Es war Maxime, der strahlend mit glücklicher und freudiger Miene hereinkam und in der Hand einige Taler und drei oder vier Napoleondors hielt, die er triumphierend tanzen und klingen ließ. Seine Familie hatte sich das Geld anläßlich seiner Examen abgerungen; es war für Einschreibegebühren gedacht.
Ohne zunächst diesen bedeutsamen, erleichternden Umstand zu bemerken, streckte Olympe abwehrend die Arme aus.
Maxime war, von dem sich bietenden Anblick betroffen, stehengeblieben.
»Sei tapfer, mein Kind!« flüsterte der Priester, der in der Bewegung Olympes einen letzten Abschiedsgruß an den Gegenstand einer verwerflichen und unzüchtigen Lust zu sehen vermeinte.
In Wirklichkeit wies sie allein das Verbrechen dieses jungen Mannes zurück, und dieses Verbrechen bestand darin, nicht ›seriös‹ zu sein.
In dem Augenblick jedoch, da ihr die göttliche Vergebung zuteil wurde, verklärte ein himmlisches Lächeln ihre unschuldigen Züge, so daß der Priester annahm, daß sie sich erlöst fühlte und die tödliche Finsternis ihrer letzten Stunde von unbekannten, seraphischen Erscheinungen erhellt wurde. Olympe aber hatte ver-

schwommen die Münzen des angebeteten Metalls in den verklärten Händen Maximes erkannt. Und da erst fühlte sie die heilsame Wirkung der höchsten Barmherzigkeit! Ein Schleier zerriß. Ein Wunder war geschehen! Durch dieses augenscheinliche Zeichen glaubte sie, daß ihr von oben verziehen und sie entsühnt war.
Geblendet, aber ruhigen Gewissens schloß sie die Lider, als wollte sie sich sammeln, bevor sie ihre Schwingen zum Flug in die unendliche Bläue entfaltete. Dann öffneten sich ihre Lippen, ihr letzter Atem verströmte wie der Duft einer Lilie, und sie murmelte die hoffnungsvollen Worte:
»Es hat gefunkelt!«

Der Gast bei den letzten Festen

FÜR NINA DE VILLARD

Das Unbekannte ist der Löwenanteil.
François Arago

Der steinerne Komtur möge zum Abendessen zu uns kommen; er möge uns die Hand reichen! Wir sind noch bereit, sie zu nehmen. Vielleicht wird er es sein, dem dabei fröstelt.
An einem Karnevalsabend des Jahres 186* waren wir, C., einer meiner Freunde, und ich, zufolge eines Umstandes, der einzig und allein den Zufälligkeiten der ›brennenden und unbestimmten Langeweile‹ zu danken war, beim Opernball allein in einer Proszeniumsloge.
Einige Zeit schon bewunderten wir durch den Staub hindurch das bunte, lärmende Durcheinander der Masken, die da unter den Kronleuchtern johlten und sich unter dem Bogenstrich von Strauß dahinwälzten.
Plötzlich ging die Tür der Loge auf: drei Damen, in raschelnde Seide gekleidet, kamen zwischen den schweren Stühlen auf uns zu, legten die Masken ab und sagten:
»Guten Abend!«
Es waren drei junge Frauen von seltenem Geist und seltener Schönheit. Wir waren ihnen schon manchmal in der Pariser Künstlerwelt begegnet. Sie hießen Clio La Cendrée, Antonie Chantilly und Annah Jackson.
»Und Sie wollen hier die Schule schwänzen, Mesdames?« fragte C. und bat sie, Platz zu nehmen.
»Oh, wir waren gerade im Begriff, allein zu Abend zu speisen, denn die Leute auf dieser Soiree sind ebenso abscheulich wie langweilig und haben uns die Laune ganz verdorben«, sagte Clio La Cendrée.
Ja, wir wollten gerade gehen, und da bemerkten wir Sie!« sagte Antonie Chantilly.
»Und deshalb, kommen Sie doch mit uns, wenn Sie

nichts Besseres vorhaben«, schloß Annah Jackson.
»Freude und Licht! Sie leben hoch!« antwortete C. gelassen. »Hätten Sie ernste Einwände gegen die Maison Dorée?«
»Das sei uns fern!« sagte die verführerische Annah Jackson und entfaltete dabei ihren Fächer.
»Nun, meine Lieben«, fuhr C. fort, sich nach mir umwendend, »nimm dein Notizbuch, schreib eine

Bestellung für den Roten Salon aus und schick den Leibjäger von Miß Jackson mit dem Zettel hin: das ist, glaub ich, der Weg, den es einzuschlagen gilt, es sei denn, du bist dagegen?«
»Monsieur«, sagte Miß Jackson zu mir, »wenn Sie sich herablassen und für uns Schritte unternehmen wollen, so finden Sie draußen im Foyer eine Person, die als Vogel Phönix – oder als Fliege – maskiert einherschreitet.

Sie hört auf das vielsagende Pseudonym Baptiste oder Lapierre. Wollen Sie uns den Gefallen tun? Und kommen Sie schnell zurück, um uns ganz zu gehören!«

Einen Augenblick lang hörte ich nichts. Ich starrte einen Fremden an, der uns gegenüber in einer Loge saß: einen Herrn von fünfunddreißig oder sechsunddreißig Jahren, blaß wie ein Orientale; er hielt ein Opernglas in der Hand und grüßte zu mir herüber.

»Ei, sieh da! Mein Unbekannter aus Wiesbaden!« sagte ich mir nach kurzer Überlegung. Da mir dieser Herr in Deutschland eine jener kleinen Gefälligkeiten erwiesen hatte, die unter Reisenden üblich sind – ach, es war, glaube ich, ganz einfach wegen einer Zigarrensorte, deren Güte er mir im Gesellschaftszimmer gerühmt hatte –, erwiderte ich seinen Gruß.

Als ich kurz darauf im Foyer nach dem besagten Phönix Ausschau hielt, sah ich den Fremden auf mich zukommen. Da er sich dabei äußerst liebenswürdig gab, schien mir die Höflichkeit zu gebieten, ihm unsere Gesellschaft anzutragen, falls er sich in diesem Trubel allzu einsam fühlen sollte.

»Und wen habe ich die Ehre unserer holden Damengesellschaft vorzustellen?« fragte ich ihn lächelnd, nachdem er die Einladung angenommen hatte.

»Baron von H.«, antwortete er. »Aber angesichts der Unbekümmertheit, die diese Damen an den Tag legen, der Schwierigkeiten, die die Aussprache macht, und dieser schönen Karnevalsnacht gestatten Sie mir, für eine Stunde wenigstens, einen anderen Namen zu tragen – den ersten besten«, fügte er hinzu; »warten Sie einmal . . .«, er begann zu lachen, »›Baron Saturn‹, wenn es Ihnen recht ist.«

Dieses seltsame Benehmen überraschte mich ein wenig; da es aber an diesem Abend ganz allgemein toll zuging, stellte ich ihn kurzerhand unseren Schönen der Mythologie entsprechend vor, in die er sich zu flüchten beliebte.

Sein Einfall war nicht ohne Folgen: Man neigte dazu, ihn für einen König aus Tausendundeiner Nacht zu halten, der inkognito reiste. Clio La Cendrée, die die Hände faltete, ging so weit, uns den Namen eines gewissen ›Jud‹ zuzuflüstern, der damals in aller Munde war, eines Verbrechers, den man bis dato noch nicht gefunden hatte und der, so schien es, durch verschiedene Morde berühmt und über die Maßen reich geworden war.

Als man sich wechselseitig vorgestellt hatte, fragte die stets zuvorkommende Annah Jackson zwischen zwei Gähnanfällen, die sie nicht unterdrücken konnte: »Würde der Baron uns wohl das Vergnügen machen, mit uns, um der geraden Zahl willen, zu Abend zu speisen?«

Er wollte sich ausnehmen.

»Susannah hat das zu Ihnen gesagt, wie Don Juan zur Statue des Komturs gesprochen haben muß«, entgegnete ich scherzhaft. »Diese Schottinnen sind unglaublich feierlich!«

»Man hätte Herrn Saturn einfach vorschlagen sollen, er solle sich mit uns die Zeit vertreiben«, sagte C. gelassen, denn er wollte ihn ›auf reguläre Weise‹ einladen.

»Es tut mir sehr leid, daß ich ablehnen muß!« antwortete der Eingeladene. »Bedauern Sie mich, aber ein Umstand von wirklich wesentlicher Bedeutung verlangt, daß ich heute morgen sehr zeitig aufstehe.«

»Ein lächerliches Duell? Eine neue Wermutsorte?« fragte Clio La Cendrée schmollend.

»Nein, meine Gnädige, ein . . . Treffen, wenn Sie schon geruhen, mich diesbezüglich zu befragen«, erwiderte der Baron.

»Also gut! Irgend so ein Wortwechsel im Vestibül der Oper, wette ich!« rief die schöne Annah Jackson. »Ihr Schneider, durch das Kostüm eines leichten Kavalleristen angefeuert, hat Sie wohl als Künstler oder Demagogen behandelt. Mein Lieber, solche Bemerkungen sind es nicht wert, daß man gleich mit dem Florett dagegen loszieht: Sie sind fremd hier, man merkt das gleich.«

»Ich bin es sogar überall ein wenig, Gnädigste«, antwortete Baron Saturn mit einer Verbeugung.
»Nun denn! Wollen Sie besonders gebeten sein?«
»Selten, das kann ich Ihnen versichern!« erwiderte leise und mit einem ebenso galanten wie gleichgültigen Blick der sonderbare Mensch.
C. und ich tauschten einen Blick; uns war das nicht mehr verständlich: was hatte dieser Herr sagen wollen? Als Vergnügen aber kam uns das Ganze sehr amüsant vor.
Aber wie es Kinder machen, die ausgerechnet das wollen, was man ihnen vorenthält, rief Antonie: »Sie gehören uns bis bis zum Morgengrauen, und ich hake mich ganz einfach bei Ihnen ein!«
Er gab nach; wir verließen den Saal.
Es hatte dieses langwierigen Hin und Her bedurft, um am Ende alle so zusammenzubringen; und nun sollten wir uns also in ungewisser Vertraulichkeit einem Menschen verbinden, von dem wir nichts wußten, außer daß er im Kasino von Wiesbaden gespielt hatte und sich in den verschiedenen Geschmacksnuancen von Havannazigarren auskannte.
Aber was macht das schon! Ist es heutzutage nicht das einfachste, jedem die Hand zu schütteln?
Auf dem Boulevard ließ sich Clio La Cendrée lächelnd in den Rücksitz der Kalesche fallen und sagte zu ihrem Diener, einem Mestizen, der wie ein Sklave wartete: »Zur Maison Dorée!«
Dann neigte sie sich mir zu: »Ich kenne Ihren Freund nicht: was für ein Mensch ist das? Er beunruhigt mich unendlich. Er hat so einen merkwürdigen Blick!«
»Freund?« fragte ich zurück. »Ich bin ihm nur zweimal während der letzten Saison in Deutschland begegnet.«
Sie sah mich erstaunt an, und ich fuhr fort: »Nun, wenn schon! Er betritt unsere Loge und will uns begrüßen, und Sie laden ihn auf eine bloße Vorstellung hin während des Maskenballs zum Souper ein! Sei es nun, daß Sie damit eine Unvorsichtigkeit begangen haben, mit der

Sie tausendmal den Tod verdienten – jetzt ist es jedenfalls ein wenig spät, sich wegen unseres Gastes zu beunruhigen. Wenn die Gesellschaft morgen keine Neigung mehr verspürt, die Bekanntschaft fortzusetzen, wird man sich wie am Abend zuvor begrüßen, und

dabei bleibt es. Ein Souper will doch nichts heißen.«
Nichts ist so amüsant, wie wenn man sich den Anschein gibt, gewisse gespielte Bedenken zu verstehen.
»Wie, Sie kennen wirklich die Menschen nicht besser? Und wenn das nun ein . . .«
»Habe ich Ihnen nicht seinen Namen genannt? Baron

Saturn? Fürchten Sie, ihn zu kompromittieren, Mademoiselle?« fügte ich in strengem Ton hinzu.
»Hören Sie, Sie sind ein unerträglicher Mensch!«
»Wie ein Hochstapler sieht er nicht aus: mit unserem Abenteuer hat es also nichts weiter auf sich. – Ein amüsanter Millionär. Ist das nicht das Ideale?«
»Mir sagt er sehr zu, dieser Monsieur Saturn«, sagte C.
»Und zumindest zur Karnevalszeit hat ein reicher Mann Anspruch auf Achtung«, schloß mit ruhiger Stimme die schöne Susannah.
Die Pferde zogen an; der schwere Wagen des Fremden folgte uns. Antonie Chantilly – bekannter unter ihrem ein wenig mutwilligen Spitznamen Yseult – hatte sich bereit gefunden, dem geheimnisvollen Gast darin Gesellschaft zu leisten.
Als wir schließlich im Roten Salon waren, befahlen wir Joseph, kein lebendes Wesen zu uns einzulassen, mit Ausnahme der Ostender Austern, seiner selbst, Josephs, – und unseres verehrten Freundes, des extravaganten kleinen Doktors Florian Les Églisottes, falls er zufällig vorbeikäme, um seinen sprichwörtlichen Krebs zu verspeisen.
Im Kamin prasselte ein glühendes Holzscheit. Um uns verbreitete sich der fade Geruch von Kleiderstoffen, abgelegten Pelzen und Winterblumen. Das Licht, das von den auf einer Konsole stehenden Kandelabern herkam, sammelte sich auf den versilberten Kühlern, in denen der dunkle Aï-Wein zu Eis gefror. Kamelien, deren Blüten in dichten Büscheln auf Drahtstielen saßen, quollen aus den Kristallvasen auf dem Tisch.
Draußen ging ein trüber und feiner Schneeregen nieder; eine eiskalte Nacht; Wagenlärm, Gekreisch von Masken – die Oper war aus. Alles wirkte wie Halluzinationen eines Gavarni, eines Devéria, eines Gustave Doré.
Um dieses Getöse zu dämpfen, hatte man die Vorhänge vor den geschlossenen Fenstern sorgfältig zugezogen. Die Tischgesellschaft bestand also aus dem sächsischen

Baron von H., dem blonden, gelassenen C. und mir; ferner Annah Jackson, Clio La Cendrée und Antonie.
Während des Abendessens, das durch sprühende Späße gewürzt wurde, überließ ich mich gemächlich meiner unschuldigen Vorliebe, den Beobachter zu spielen – und, das muß ich hier sagen, ich bemerkte bald, daß

mein Gegenüber in der Tat einige Aufmerksamkeit verdiente.
Nein, das war kein heiterer Mensch, unser zufälliger Tischgast! – Sein Wesen und die Art, wie er sich gab, ermangelten gewiß nicht jener geziemenden Vornehmheit, die bewirkt, daß man die Leute ertragen kann: seine Aussprache war durchaus nicht so abscheulich

wie die mancher Ausländer – nur nahm, um die Wahrheit zu sagen, seine Blässe bisweilen seltsam leichenfahle, ja sogar bleierne Töne an; seine Lippen waren schmaler als ein Pinselstrich; seine Brauen blieben stets etwas gerunzelt, selbst wenn er lächelte.

Nachdem ich mit jener unbewußten Gabe des Beobachtens, die einzelnen Schriftstellern nun einmal eigen ist, diese und einige andere Tatsachen festgestellt hatte, bedauerte ich, ihn so leichtfertig in unsere Gesellschaft eingeführt zu haben, und ich nahm mir vor, ihn beim Morgengrauen wieder von der Liste derer, mit denen wir Umgang pflegten, zu streichen. Ich spreche hier von C. und mir, wohlgemerkt; denn der glückliche Zufall, der uns an jenem Abend unsere weiblichen Gäste beschieden hatte, würde uns diese ja am Ende der Nacht ohnehin wieder entführen.

Und dann nahm der Fremde unsere Aufmerksamkeit bald durch eine besondere Eigenheit gefangen. Seine Unterhaltung schlug, ohne sich etwa durch seltenen Ideengehalt auszuzeichnen, durch das in Bann, was unbestimmt mitschwang und was durch den Ton seiner Stimme absichtlich hineingelegt wurde.

Dieser Umstand überraschte uns um so mehr, als es uns bei näherer Prüfung dessen, was er sagte, unmöglich war, darin einen anderen Sinn als den, der jedem gesellschaftlichen Geplauder innewohnt, zu entdecken. Und zwei- oder dreimal ließ er uns, C. und mich, durch die Art zusammenfahren, mit der er seine Worte betonte, und dadurch, daß sie uns den Eindruck machten, als steckten, wenn auch gänzlich verschwommen, gewisse Gedanken dahinter.

Plötzlich, mitten in einem Gelächter, das eine witzige Bemerkung von Clio La Cendrée ausgelöst hatte – sie war wirklich besonders belustigend! –, stieg dunkel in mir der Gedanke auf, daß ich diesen Herren schon einmal bei ganz anderer Gelegenheit als in Wiesbaden gesehen haben mußte.

In der Tat war dieses Gesicht durch unvergeßliche Züge charakterisiert, und das Licht in seinen Augen verriet, wenn er sie aufschlug, im Kontrast mit der Farbe seines Gesichts etwas von einer in seinem Inneren leuchtenden Fackel.
Bei welcher Gelegenheit war es? Ich bemühte mich vergeblich, sie in meiner Erinnerung ausfindig zu machen. Sollte ich wirklich der Versuchung nachgeben, den wirren Gedanken Gestalt zu verleihen, die in mir aufstiegen?
Es waren Gedanken an ein Geschehnis, das denen glich, die man in Träumen erlebt.
Wo konnte sich das wohl ereignet haben? Wie sollte ich meine gewöhnlichen Erinnerungen mit diesen jäh auftretenden, weit zurückreichenden Gedanken an einen Mord, an tiefste Stille, Nebel, bestürzte Gesichter, Fackeln und Blut, die da beim Anblick dieser Person mit der Empfindung unerträglicher Gewißheit in meinem Bewußtsein aufstiegen, in Einklang bringen?
»Na!« stammelte ich ganz leise vor mich hin, »leide ich denn heute abend an Sehstörungen?«
Ich trank ein Glas Champagner.
Die Schallwellen erzeugen in unserem Nervensystem geheimnisvolle Schwingungen. Sie vereiteln sozusagen durch die Mannigfaltigkeit ihres Echos die Möglichkeit einer Untersuchung des Anstoßes, der sie erzeugt hat. Das Gedächtnis stellt zwar fest, was um eine Sache herum mitschwingt, die Sache selbst aber geht in dieser allgemeinen Empfindung unter und bleibt am Ende auf eine hartnäckige Weise unauffindbar.
Es ist damit so wie mit ehemals vertrauten Gesichtern, die, sieht man sie unvermutet wieder, verwirren, weil sie in wildem Durcheinander bis dahin schlummernde Eindrücke wachrufen, die man dann nicht mehr einzeln benennen kann.
Die vortrefflichen Manieren aber, die heitere Zurückhaltung und seltsame Würde des Unbekannten – alles

eine Art von Schleiern, die über die gewiß sehr düstere Natur gebreitet waren – brachten mich – wenigstens für den Augenblick – dahin, daß ich die Gedankenverbindung als ein Ergebnis der Phantasie, eine Art visueller, dem Fieber und der Nacht entsprossener Perversion ansah.
Ich beschloß also, wie meine Pflicht und mein Vergnügen es forderten, beim Fest fröhlich mitzutun.
Im jugendlichen Übermut stand man vom Tisch auf, und ein wahres Feuerwerk von Gelächter mischte sich nun mit dem von behenden Fingern aufs Geratewohl dem Klavier entlockten fröhlichen Geklimper.
Ich vergaß alle Sorgen. Bald gab es funkelnde Wortgeplänkel, leichte Schwüre und flüchtige Küsse – ähnlich dem Geräusch der Blütenblätter, die vergnügte Mädchen auf ihrem Handrücken platzen lassen –, es gab strahlendes Lächeln, funkelnde Diamanten; die Magie der tiefen Spiegel vervielfältigte bis ins Unendliche stumm, in langen, bläulichen Reihen die Lichter, die Bewegungen.
C. und ich überließen uns inmitten der Unterhaltung dem Traum.
Die Dinge verwandeln sich entsprechend dem Magnetismus derer, die sich ihnen nähern, denn alle Dinge haben keine andere Bedeutung als die, die jeder einzelne ihnen beizulegen vermag. So wurde der moderne Charakter dieser übertriebenen Vergoldungen, dieser schweren Möbel und schmucklosen Kristalle durch die Blicke meines lyrischen Freundes C. und die meinen aufgehoben.
Für uns waren diese Kandelaber notwendigerweise aus feinem Gold, und die Ziselierungen hatte – da gab es keinen Zweifel! – ein echter Insasse des Blindenhospitals, ein Goldschmied von Geblüt, signiert. Die Möbel mußten von einem lutherischen Tapezierer stammen, der infolge religiösen Terrors unter Ludwig XIII. verrückt geworden war. Von wem anders konnten die

Kristalle herrühren als von einem Prager Glaskünstler, den eine penthesileische Liebe zugrunde gerichtet hatte? Die Damastvorhänge waren bestimmt nichts anderes als die antiken Purpurgewebe, die man in dem Schrein mit den heiligen Velarien in den Tempeln des Asklepios oder der Pallas in Herkulanum aufgefunden hat. Die wirklich merkwürdige Grobheit des Gewebes erklärte sich aus der ätzenden Wirkung der Erde und der Lava und machte es – welch kostbarer Schaden! – zu etwas Einmaligem auf der Welt.
Was die Tischwäsche betraf, so hatten wir Zweifel über ihre Herkunft. Es bestand Anlaß, in ihr Proben von Geweben aus der Pfahlbauzeit zu begrüßen. Jedenfalls meinten wir mit Sicherheit, in den eingestickten Zeichen den Beweis für eine akkadische oder troglodytische Herkunft zu haben. Vielleicht hatten wir es sogar mit den ungezählten Stoffbahnen vom Grabtuche des Xisuthros zu tun, die nun, gebleicht und in kleine Stücke zerschnitten, als Tischleinen dienten. Jedenfalls blieb uns nach der Prüfung nichts weiter übrig, als darauf in Keilschrift die Aufzeichnung einer Speisenfolge unter Nimrod zu vermuten; wir genossen schon im voraus die Überraschung und Freude, die Monsieur Oppert an den Tag legen würde, wenn er von dieser jüngsten Entdeckung erführe.
Dann warf die Nacht ihre Schatten auf die Dinge und erzeugte seltsame Effekte und Halbtöne, was alles unseren guten Glauben und unsere Träume noch förderte.
Der Kaffee dampfte in den durchscheinenden Tassen. C. genoß andächtig eine Havanna und hüllte sich in Schwaden weißen Rauches, so daß er wie ein Halbgott in einer Wolke erschien.
Baron v. H. hatte sich auf ein Sofa gestreckt, er hatte die Augen halb geschlossen und eine alltägliche Miene aufgesetzt; in seiner auf den Teppich herabhängenden blassen Hand hielt er ein Champagnerglas, und so schien er aufmerksam den zauberischen Takten des

nächtlichen Zwiegesangs aus Wagners Tristan und Isolde zu lauschen, die Susannah spielte, wobei sie mit viel Gefühl den blutschänderischen Klängen bis ins kleinste nachging. Antonie und Clio La Cendrée, engumschlungen und strahlend, saßen schweigend da, während die treffliche Künstlerin die Akkorde weich, doch entschlossen anschlug.
Ich selbst, bis zu hellster Wachsamkeit angeregt, lauschte ihr ebenfalls, ganz dicht neben dem Klavier.
Jedes unserer flatterhaften, blassen Mädchen hatte sich an jenem Abend in Samt gekleidet.
Die rührende Antonie mit den Veilchenaugen war in Schwarz, ohne Spitzen. Da aber der Samt ihres Kleides nicht gesäumt war, hoben sich ihre Schultern und ihr Hals wie Marmor aus Carrara scharf von dem Stoff ab.
Sie trug einen schmalen Goldring am kleinen Finger, und drei Kornblumen aus Saphir glänzten in ihrem kastanienbraunen Haar, das in zwei geflochtenen Zöpfen bis weit über die Hüften herabhing.
Was ihre Moral betrifft, so hatte eines Abends eine hochgestellte Persönlichkeit sie gefragt, ob sie ›anständig‹ sei, und Antonie hatte geantwortet: »Ja, mein Herr, da in Frankreich anständig nicht mehr als das Synonym für höflich ist.«
Clio La Cendrée, eine auserlesene schwarzäugige Blondine, die Göttin der Impertinenz, eine junge enttäuschte Frau, die Fürst Solt . . . auf russische Art getauft hatte, indem er ihr nämlich schäumenden Roederer aufs Haar goß, trug ein grünes, eng anliegendes Samtkleid, und eine ganze Flut von Rubinen strömte über ihre Brust.
Man nannte diese junge zwanzigjährige Kreolin ein Muster aller sträflichen Tugenden. Sie hätte die sittenstrengsten Philosophen Griechenlands und die tiefsten metaphysischen Denker Deutschlands außer Rand und Band gebracht. Zahllose Dandys hatten sich bis auf den

Degenhieb, bis zum Wechsel, bis zum Veilchensträußchen in sie verliebt.
Sie war aus Baden-Baden zurückgekommen, wo sie vier- oder fünftausend Louis auf dem Spieltisch gelassen und dabei wie ein Kind gelacht hatte.
Was ihre Moral angeht, so hatte eine ältere und übrigens sehr habgierige deutsche Dame, die über dieses Schauspiel entsetzt war, im Kasino zu ihr gesagt: »Mein Fräulein, seien Sie vorsichtig, man muß bisweilen ein Stück Brot essen, und Sie scheinen das zu vergessen.«
»Gnädige Frau«, hatte die schöne Clio errötend geantwortet, »vielen Dank für den Rat. Lassen Sie sich als Erwiderung von mir sagen, daß für gewisse Damen Brot stets nur ein Vorurteil war.«
Annah, oder vielmehr Susannah Jackson, die schottische Circe mit dem Haar, das dunkler als die Nacht war, mit Blicken, die wie Lanzen stachen, und mit den kleinen ätzenden Redensarten, strahlte gelassen in rotem Samt.
Diese Frau, junger Fremdling, solltet Ihr meiden! Laßt Euch versichern, sie ist wie Triebsand: sie dringt ins Nervensystem ein. Sie destilliert das Verlangen. Eine lange, krankhafte, entnervende und wahnwitzige Krise wäre Ihr Teil. Zu ihren Erinnerungen gehören verschiedene traurige Fälle. Die Art ihrer Schönheit, um die sie genau weiß, versetzt gewöhnliche Sterbliche in ein Fieber, das schließlich zur Raserei wird.
Ihr Körper ist wie eine dunkle Lilie, wenngleich jungfräulich! Er rechtfertigt ihren Namen, der auf althebräisch, wie ich glaube, diese Blume bezeichnet.
So raffiniert Ihr auch zu sein glaubt (in Eurem vielleicht noch zarten Alter, junger Fremdling!), wenn Euer Unstern es will, daß Ihr Susannah Jacksons Weg kreuzt, so brauchen wir, um Euer getreues Konterfei für die nächsten vierzehn Tage zu haben, uns nur einen ganz jungen Menschen vorzustellen, der zwanzig Jahre hintereinander ausschließlich von Eiern und Milch gelebt hat und

nun plötzlich, ohne große Überleitung, zu einem alle Kräfte beanspruchenden – unaufhörlichen! – Speisezettel mit beißenden Gewürzen und schärfsten Zutaten übergehen muß, deren brennender und prickelnder Geschmack seiner Zunge Krämpfe verursacht und ihn zuschanden und toll macht.
Die kundige Zauberin hat sich bisweilen damit vergnügt, alten blasierten Lords Tränen der Verzweiflung zu entlocken, denn sie ist nur mittels Lust zu verführen. Nach dem, was sie manchmal geäußert hat, zielt sie darauf ab, sich mit einem hübschen Knaben in einem millionenschweren Cottage am Ufer des Clydeflusses vor der Welt zu verschließen und sich damit zu vergnügen, ihn schmachten zu lassen und so nach ihrem Wohlgefallen umzubringen.
Was nun ihre Moral anlangt, so neckte sie eines Tages der Bildhauer C.-B. wegen des schrecklichen kleinen schwarzen Muttermals, das sie an einem ihrer Augen hat.
»Der unbekannte Meister, der Sie aus dem Marmor schlug«, hatte er zu ihr gesagt, »hat diesen kleinen Stein übersehen.«
»Sagen Sie nichts Schlechtes über diesen kleinen Stein«, war Susannahs Antwort, »gerade über ihn stolpern die meisten.«
Sie war so etwas wie eine Pantherkatze.
Jedes dieser weiblichen Nachtwesen trug am Gürtel an einem doppelten Stahlkettchen eine Samtmaske: eine grüne, rote oder schwarze.
Was mich anlangte – wenn es überhaupt nötig ist, von diesem Gast beim Mahl zu sprechen –, so trug ich gleichfalls eine Maske, nur trat sie weniger in Erscheinung, das war alles.
Wie man im Theater in einer Mittelloge, um seine Nachbarn nicht zu stören, in einem Wort: aus Höflichkeit, irgendein in langweiligem Stil geschriebenes Drama über sich ergehen läßt, dessen Stoff einem mißfällt, so lebte ich aus Höflichkeit.

Was mich allerdings nicht hinderte, als echter Richter des Frühlingsordens frohen Sinnes eine Blume in mein Knopfloch zu stecken.
Mittlerweile war Susannah vom Klavier aufgestanden. Ich nahm einen Strauß vom Tisch, trat auf sie zu und überreichte ihn ihr mit spöttischem Blick.
»Sie sind«, sagte ich zu ihr, »eine Diva! Tragen Sie eine dieser Blumen zu Ehren Ihrer unbekannten Liebhaber.«
Sie wählte einen Stengel Hortensia und steckte ihn, nicht unliebenswürdig, an ihr Mieder.
»Anonyme Briefe lese ich nicht!« antwortete sie, und dabei stellte sie den Rest meines ›Selams‹ aufs Klavier zurück.
Das berüchtigte, strahlende Geschöpf legte die Hände auf die Schulter eines von uns – sicherlich, um sich an seinen Platz zurückbringen zu lassen.
»O kalte Susannah«, sagte C. zu ihr und lachte dabei. »Sie sind, scheint's, einzig aus dem Grund auf die Welt gekommen, daran zu erinnern, daß Schnee brennt.«
Das war, wie ich glaube, eins jener wohlerwogenen Komplimente, wie sie einem das Ende eines Soupers eingibt und die, wenn sie überhaupt einen Sinn haben, einen aufweisen, der fein wie ein Haar ist! Nichts kommt einer dummen Äußerung näher, und manchmal ist der Unterschied überhaupt nicht zu spüren. Bei diesem elegischen Ausspruch wurde mir klar, daß die Hirne sich zu umnebeln drohten und daß es dagegen etwas zu unternehmen galt.
Da ein Funke zuweilen genügt, um eine Flamme zu entfachen, beschloß ich, koste es, was es wolle, ihn aus unserem schweigsamen Gast herauszuschlagen.
In diesem Augenblick trat Joseph ein und brachte uns (welch seltsamer Zufall!) eisgekühlten Punsch, denn wir waren übereingekommen, uns wie die Tafelritter zu berauschen.
Seit einiger Zeit beobachtete ich den Baron Saturn. Er kam mir ungeduldig und unruhig vor. Ich sah, wie er

die Uhr aus der Tasche zog, Antonie einen Brillanten gab und sich erhob.
»Was soll das, edler Herr aus fernem Lande«, rief ich da, rittlings auf einem Stuhle sitzend, zwischen zwei Zügen an der Zigarre, »Sie wollen uns doch nicht schon verlassen? Man hielt Sie für geheimnisumwittert, und es zeugt von schlechtem Geschmack, wie Sie wissen!«
»Da bitte ich tausendmal um Entschuldigung; es handelt sich aber um eine Pflicht, die unerläßlich ist und

keinen Aufschub duldet. Nehmen Sie meinen allerherzlichsten Dank für die so angenehmen Stunden, die ich hier verleben durfte.«
»Also handelt es sich doch um ein Duell?« fragte unruhig Antonie.
»Ach!« rief ich, da ich tatsächlich an irgendeinen Streit unter Masken glaubte, »sicher übertreiben Sie die Wichtigkeit der Angelegenheit. Ihr Gegner liegt irgendwo unter einem Tisch. Ehe Sie das Gegenstück zu Gérômes

Gemälde abgeben, auf dem Sie die Rolle des Siegers, die Rolle des Harlekin spielen würden, schicken Sie doch einen Diener an Ihrer Stelle zum Treffen, damit Sie erfahren, ob man Sie erwartet: Wenn es doch der Fall ist, werden Ihre Pferde den Zeitverlust immer noch wettmachen!«

»Da gibt es doch gar keinen Zweifel!« pflichtete C. mit größter Ruhe bei. »Machen Sie lieber der schönen Susannah den Hof, die um Sie fast vergeht; Sie ersparen sich einen Schnupfen – und trösten sich darüber hinweg, indem Sie eine oder zwei Millionen springen lassen. Denken Sie nach, hören Sie auf uns, und entscheiden Sie sich.«

»Messieurs, ich muß Ihnen gestehen, sooft Gott es mir erlaubt, bin ich blind und taub!« entgegnete Baron Saturn.

Und er betonte diese unverständliche Ungeheuerlichkeit auf eine Weise, die uns zu den absurdesten Mutmaßungen veranlaßte. Das ging so weit, daß ich den besagten Funken vergaß. Wir waren im Begriff, einander mit betretenem Lächeln anzuschauen, da wir nicht wußten, was wir bei diesem ›Scherz‹ denken sollten, als ich mich plötzlich nicht enthalten konnte, einen Ausruf zu tun: Ich hatte mich eben entsonnen, wo ich diesen Menschen zum erstenmal gesehen hatte!

Und unvermittelt kam es mir vor, wie wenn das Kristall, die Gesichter, die Vorhänge, ja das ganze nächtliche Fest in ein trübes Licht getaucht wäre, in einen roten Lichtschein, der von unserem Gast ausging, geradeso wie bei gewissen Effekten auf dem Theater.

»Monsieur«, flüsterte ich ihm ins Ohr, »verzeihen Sie mir, wenn ich mich irre . . ., aber mir scheint, ich habe vor fünf oder sechs Jahren das Vergnügen gehabt, Ihnen in einer großen Stadt im Süden zu begegnen – in Lyon, glaube ich –, es war gegen vier Uhr morgens, auf einem öffentlichen Platz.«

Saturn hob langsam den Kopf, sah mich aufmerksam an und sprach:

»Oh, das ist möglich.«
»Ja!« fuhr ich, ihn starr ansehend fort. »Warten Sie! Auf diesem Platz stand etwas, das außerordentlich traurig stimmte und ein Schauspiel abgeben sollte, dem beizu-

wohnen ich mich von zwei mir befreundeten Studenten hatte mitreißen lassen – und das nie wieder anzusehen ich mir vorgenommen habe.«

»Wahrhaftig!« sagte Monsieur Saturn. »Und was war das für ein Etwas, wenn es nicht indiskret ist, danach zu fragen?«

»Ach Gott, so etwas wie ein Schafott, eine Guillotine, Monsieur, wenn ich mich recht erinnere . . . Ja, es war eine Guillotine. Ich bin mir der Sache jetzt ganz sicher.«

Die wenigen Worte waren zwischen diesem Herrn und mir ganz leise gewechselt worden, ja wirklich, ganz leise. C. und die Damen plauderten ein paar Schritte von uns entfernt im Dunkel neben dem Klavier.

»Ja, so war es! Ich erinnere mich«, fuhr ich, die Stimme hebend, fort. »Ja und? Was meinen Sie dazu, Monsieur? . . . Das kann man, hoffe ich, Gedächtnis nennen, wie? Obgleich Sie sehr schnell an mir vorübergefahren sind, habe ich Sie in Ihrem Wagen, der durch den meinen einen Augenblick aufgehalten worden war, beim Schein der Fackeln doch flüchtig wahrnehmen können. Die Umstände haben mir Ihr Gesicht fest ins Gedächtnis geprägt. Es besaß damals genau denselben Ausdruck, den ich jetzt darin bemerke.«

»Jawohl!« antwortete Monsieur Saturn, »das stimmt! Ich muß gestehen: Diese Genauigkeit überrascht mich nicht wenig!« Das kreischende Gelächter dieses Herrn erweckte in mir die Vorstellung von einer Schere, mit der einem das Haar abgeschnitten wird.

»Eine Einzelheit unter anderen«, fuhr ich fort, »fiel mir besonders auf. Ich sah Sie von fern an der Stelle aussteigen, wo das Gerüst aufgestellt war . . ., und, sofern ich nicht durch eine bloße Ähnlichkeit getäuscht worden bin . . .«

»Sie haben sich nicht getäuscht, mein Lieber, das war ich tatsächlich«, antwortete er.

Ich spürte bei diesen Worten, daß die Unterhaltung eisig geworden war und daß ich es vielleicht an der

gebotenen Höflichkeit hatte fehlen lassen, die ein Henker so seltsamen Schlages von uns zu fordern das Recht hat. Ich suchte deshalb nach etwas ganz Allgemeinem, um die Gedanken, die uns beide bewegten, in eine andere Richtung zu lenken, als die schöne Antonie sich plötzlich vom Klavier wegwandte und in gleichgültigem Ton sagte: »Wissen Sie übrigens, Mesdames et Messieurs, daß heute früh eine Hinrichtung stattfindet?«
»Oh!« rief ich, auf ungewöhnliche Weise von diesen Worten betroffen.
»Es handelt sich um den armen Doktor de La P.«, fuhr Antonie traurigen Tones fort. »Er pflegte mich früher zu behandeln. Ich für meinen Teil tadle ihn nur, weil er sich vor den Richtern verteidigt hat; ich hatte ihm mehr Haltung zugetraut. Wenn von vornherein feststeht, welchen Lauf das Schicksal nimmt, sollte man nach meiner Meinung diesen Herren in der Robe höchstens ins Gesicht lachen. Monsieur de La P. hat vergessen, wer er ist.«
»Wie? Das ist heute? Ganz bestimmt?« fragte ich und bemühte mich dabei, einen gleichgültigen Ton zu wahren.
»Um sechs Uhr, zur üblichen Zeit, Mesdames et Messieurs!«, antwortete Antonie. »Ossian, der schöne Anwalt, um den sich im Faubourg Saint-Germain alles reißt, hat mich gestern abend besucht, um mir auf seine Weise den Hof zu machen, und dabei hat er es mir gesagt. Ich hatte es vergessen. Es scheint sogar, man hat in Anbetracht der Bedeutsamkeit des Prozesses und der hohen Stellung des Verurteilten einen Fremden (!) hinzugezogen, der dem Pariser Scharfrichter zur Hand geht.«
Ohne von dem Aberwitz, der in diesen letzten Worten lag, Notiz zu nehmen, wandte ich mich Monsieur Saturn zu. Er stand an der Tür, in einen weiten schwarzen Mantel gehüllt, den Hut in der Hand haltend, und sah sehr amtlich aus.

Der Punsch war mir ein wenig zu Kopf gestiegen. Um es richtig zu sagen: Ich war voller Streitlust. Da ich fürchtete, ich hätte, als ich ihn einlud, das getan, was man auf pariserisch eine ›gaffe‹, eine Dummheit, nennt, wurde mir das Gesicht dieses Eindringlings – mochte er sein, wer er wollte – unerträglich, und ich konnte nur schwer den Drang verbergen, es ihn merken zu lassen.

»Herr Baron«, sprach ich lächelnd zu ihm, »nach Ihren merkwürdig doppeldeutigen Worten wäre es uns wohl fast erlaubt, Sie zu fragen, ob es nicht ein wenig wie mit dem Gesetz ist, wenn Sie sagen, Sie seien taub und blind, sooft Gott es Ihnen gestattet?«

Er trat auf mich zu, verneigte sich seltsam vor mir und antwortete mir mit leiser Stimme: »Aber so schweigen Sie doch, es sind Damen unter uns!«

Er grüßte nach allen Seiten hin und verließ das Zimmer, und ich stand sprachlos da, schauderte ein wenig und vermochte meinen Ohren nicht zu trauen.

Leser, hier eine Zwischenbemerkung. Wenn Stendhal eine ein wenig sentimentale Liebesgeschichte schreiben wollte, pflegte er, wie man weiß, zuvor ein halbes Dutzend Seiten im Strafgesetzbuch zu lesen, um sich, so sagte er selbst, im Ton einzustimmen. Was mich anlangt, so hatte ich es nach reiflicher Überlegung zweckmäßiger gefunden, wenn ich mir in den Kopf setzte, gewisse Geschichten zu schreiben, ganz einfach am Abend eines der Kaffeehäuser in der Passage de Choiseul aufzusuchen, in das der verstorbene Monsieur X., der ehemalige Scharfrichter von Paris, fast täglich ging, um inkognito seine Partie Impériale zu spielen. Er war, wie es mir vorkam, ein wohlerzogener Mann wie jeder andere auch; er pflegte äußerst leise zu sprechen, sehr deutlich aber und mit einem wohlwollenden Lächeln. Ich setzte mich dann an einen Tisch in der Nachbarschaft, und es machte mir nicht wenig Vergnügen, wenn er, vom Spielteufel angetrieben, plötzlich einmal

ausrief: »Ich schneide!«, ohne damit etwas Böses zu meinen. Dort habe ich, wie ich mich erinnere, meine poetischsten Einfälle niedergeschrieben, um mich eines bürgerlichen Ausdruckes zu bedienen. So war ich gegen jene plumpe Empfindung des Schauders gefeit, die diese Herren von der kurzen Robe bei jedem, der ihnen über den Weg läuft, verursachen.
Daher war es eigentlich merkwürdig, daß ich in jenem Augenblick, da sich unser zufälliger Gast als einer aus dieser Zunft zu erkennen gegeben hatte, so heftig ergriffen war.
C., der sich uns während der letzten Worte wieder zugesellt hatte, schlug mir leicht auf die Schulter.
»Du verlierst wohl den Kopf?« fragte er mich.
»Er wird wohl eine dicke Erbschaft gemacht haben und übt sein Handwerk nur noch aus, bis ein Nachfolger da ist!« flüsterte ich, vom Dampf des Punsches benebelt.
»Nun!« sagte C., »du wirst doch nicht etwa annehmen, er sei wirklich an der fraglichen Zeremonie beteiligt?«
»Also hast du begriffen, worum es in unserer kurzen Unterhaltung ging, mein Lieber?« fragte ich ihn ganz leise. »Knapp, aber aufschlußreich! Dieser Herr ist ein richtiggehender Scharfrichter! Ein Belgier wahrscheinlich. Er ist der Fremde von dem Antonie eben sprach. Ohne seine Geistesgegenwart hätte ich eine Taktlosigkeit begangen und diese jungen Damen womöglich in Schrecken versetzt.«
»Na, hör mal!« rief C., »ein Scharfrichter mit einer Equipage für dreißigtausend Franken? Der obendrein seiner Nachbarin Diamanten schenkt? Und der in der Maison Dorée zu Abend speist, ehe er einem Kunden seine Pflege angedeihen läßt? Seitdem du in deinem Café Choiseul verkehrst, siehst du nur noch Scharfrichter. Trink ein Glas Punsch! Dein Monsieur Saturn macht schlechte Späße, nicht wahr?«
Bei diesen Worten schien es mir, als sei die Logik, ja, die kalte Vernunft auf seiten dieses liebenswürdigen Poe-

ten. Äußerst aufgebracht, nahm ich hastig meine Handschuhe und meinen Hut, ging ganz schnell zur Tür und brummte: »Na schön.«
»Du hast recht«, sagte C.
»Dieser plumpe Scherz hat mir zu lange gedauert«, fügte ich hinzu, als ich die Tür des Salons öffnete. »Wenn ich diesen düsteren Spaßvogel zu fassen kriege, schwöre ich, daß . . .«
»Einen Augenblick: spielen wir darum, wer zuerst drankommt«, sagte C.
Ich war im Begriff, das Nötige zu antworten und zu verschwinden, als plötzlich über meine Schulter hinweg und hinter dem erhobenen Vorhang hervor eine heitere und wohlbekannte Stimme rief: »Das ist nicht nötig! Bleiben Sie da, lieber Freund.«
In der Tat war unser berühmter Freund, der kleine Doktor Florian Les Églisottes, bei unseren letzten Worten eingetreten, stand nun vor mir und hüpfte in seinem beschneiten Paletot von einem Fuß auf den anderen.
»Mein lieber Doktor«, sagte ich zu ihm, »ich stehe Ihnen gleich zur Verfügung, aber . . .«
Er hielt mich zurück und fuhr fort: »Wenn ich Ihnen erst die Geschichte des Mannes erzählt habe, der bei meinem Eintreten diesen Salon verließ, gehe ich jede Wette ein, daß es Sie nicht mehr interessieren wird, ihn für seine Launen zur Rechenschaft zu ziehen. Es ist übrigens zu spät: sein Wagen hat ihn schon weit von hier fortgeführt.«
Er sprach diese Worte in so seltsamem Tonfall, daß er mich endgültig zum Bleiben veranlaßte.
»Dann wollen wir uns also Ihre Geschichte anhören, Doktor«, sagte ich und setzte mich kurz darauf nieder. »Aber denken Sie daran, Les Églisottes, Sie stehen dafür ein, daß ich nichts getan habe, und nehmen es auf Ihre Kappe.«
Der Fürst der Wissenschaft stellte seinen Stock mit dem Goldknauf in die Ecke, berührte galant mit seinen Lip-

pen die Finger unserer drei Schönen, goß sich etwas Madeira ein und begann in der merkwürdigen Stille, die der Zwischenfall und sein persönliches Eintreten verursacht hatten, folgendermaßen: »Ich verstehe, was sich da heute abend Abenteuerliches zugetragen hat. Ich kann mich in alles, was sich hier begeben hat, so gut hineindenken, als ob ich dabeigewesen wäre! . . . Was Sie da erlebt haben, ist, wenn es auch nicht gerade beunruhigt, doch so, daß es das hätte tun können.«
»Wie?« fragte C.
»Dieser Herr ist in der Tat der Baron von H., er kommt aus einer angesehenen deutschen Familie, er ist mehrfacher Millionär; aber . . .«
Der Doktor sah uns an und fuhr in einem Tone fort, als befände er sich in seiner Vorlesung über vergleichende Physiologie: ». . . aber die sonderbare geistige Verwirrung, die ihn befallen hat und die auch von den medizinischen Fakultäten von München und Berlin festgestellt worden ist, ist der ungewöhnlichste und unheilbarste Fall von Monomanie, den man bis heute überhaupt verzeichnen konnte.«
»Ein Wahnsinniger! Ja, was soll das heißen, Florian, was bedeutet das?« flüsterte C., lief zur Tür und schob den leichten Riegel des Schlosses vor.
Selbst unsere Damen hatten bei dieser Enthüllung ihr Lächeln eingestellt.
Was mich anlangt, so war es mir tatsächlich, als träumte ich seit einigen Minuten.
»Ein Wahnsinniger!« rief Antonie. »Aber solche Leute sperrt man nach meiner Meinung doch ein?«
»Ich glaube, ich habe angedeutet, daß der edle Herr mehrfacher Millionär ist«, erwiderte Les Églisottes in sehr ernstem Ton. »Somit läßt er eher andere einsperren, wenn Sie nichts dagegen haben.«
»Und welcher Art ist sein Wahnsinn?« fragte Susannah. »Ich für mein Teil finde diesen Herrn sehr nett, um die Wahrheit zu sagen!«

»Sie werden, Gnädigste, gleich nicht mehr dieser Meinung sein!« fuhr der Doktor fort und zündete sich dabei eine Zigarette an.
Das fahle Morgenlicht färbte die Fenster, die Kerzen brannten trüber, das Feuer erlosch allmählich; was wir hörten, verursachte uns eine Art Alpdruck. Der Doktor war nicht einer von denen, die gern etwas mystifizieren: Was er sagte, war von gleicher kalter Realität wie das Gerüst, das man da unten auf dem Platz errichtet hatte.
»Anscheinend«, fuhr er fort und trank dabei von seinem Madeira, »hatte sich dieser schweigsame junge Mann, kaum daß er volljährig geworden war, nach Ostindien eingeschifft; jedenfalls reiste er viel in asiatischen Gegenden umher. Dort beginnt auch das schwer entwirrbare Geheimnis, in das die Anfänge seines Zustandes gehüllt sind. Während gewisser Aufstände im Fernen Osten hat er grausamste Formen der Todesstrafe miterlebt, wie sie die in jenen Landstrichen gültigen Gesetze den Rebellen und Verbrechern auferlegen. Zunächst wohnte er alldem zweifellos als einfacher neugieriger Reisender bei. Dann aber scheint der Anblick dieser Hinrichtungen in ihm den Trieb zu einer Grausamkeit entwickelt zu haben, die alles bisher Bekannte überstieg, er scheint sein Hirn umnebelt, sein Blut vergiftet und ihn zu dem sonderbaren Wesen gemacht zu haben, das er nun eben ist. Stellen Sie sich vor, daß Baron von H. mit Hilfe seines Reichtums bis in die alten Gefängnisse in den Hauptstädten Persiens, Indochinas und Tibets vorgedrungen ist und mehrmals sogar von den Gouverneuren die Erlaubnis bekam, an Stelle der orientalischen Henker das schreckliche Amt des Strafvollstreckers auszuüben. Sie kennen doch die Geschichte von den ausgerissenen Augen – vierzig Pfund insgesamt –, die dem Schah Nasser-Eddin auf zwei goldenen Schalen an dem Tage dargebracht wurden, an dem er seinen feierlichen Einzug in eine aufständische Stadt

hielt? Der Baron, wie einer aus dem Lande gekleidet, ist einer der glühendsten Eiferer bei diesem grausamen Vorgang gewesen. Die Hinrichtung der beiden Rädelsführer bei dem Aufstand war noch schrecklicher als alles Vorhergegangene. Man verurteilte sie zunächst dazu, daß ihnen bei lebendigem Leibe mit Zangen alle Zähne ausgebrochen wurden; dann wurden ihnen die Zähne in den Schädel geschlagen, der zu diesem Zweck glattrasiert worden war, und das alles geschah so, daß die

Zähne dabei auf persisch die Anfangsbuchstaben des ruhmreichen Namens des Nachfolgers von Schah Feth-Ali bildeten. Und wieder war es unser Liebhaber der Henkerskünste, der für einen Sack voller Rupien Gelegenheit bekam, sie eigenhändig und mit dem ganzen abgezirkelten Ungeschick, das ihm eigen ist, hinzurichten. Eine kleine Zwischenfrage: Wer von beiden ist der Tollere, derjenige, der solche Foltern verhängt, oder derjenige, der sie ausübt? Sie sind aufgebracht? Ach was! Geruhte der erste der beiden Männer nach Paris zu

kommen, fühlten wir uns so geehrt, daß wir ihm zu Ehren ganze Feuerwerke abbrennen und befehlen würden, die Fahnen unserer Armee bei seiner Vorüberfahrt zu senken – alles meinetwegen im Namen der ›unsterblichen Grundsätze von 89‹. Doch lassen wir das. – Wenn man den Berichten der Hauptleute Hobbs und Egginson glauben darf, so hat das Raffinement, das ihm seine sich steigernde Monomanie bei diesen Gelegenheiten eingab, alles an Absurdität übertroffen, was Tiberius und Heliogabal an solchem aufzuweisen hatten, und dazu alles, was in den Annalen der Menschheit berichtet wird. Denn«, so fügte der Doktor hinzu, »einem Wahnsinnigen kann an dem Punkt, wo ihn die Vernunft verläßt, an Perfektion keiner gleichkommen.«
Doktor Les Églisottes hielt inne und blickte uns der Reihe nach spöttisch an.
Vor lauter Aufmerksamkeit hatten wir während seiner Rede die Zigarren ausgehen lassen.
»Nachdem Baron von H. dann wieder nach Europa zurückgekehrt war«, fuhr der Doktor fort, »wurde er, der zunächst so übersättigt war, daß man hoffen konnte, er würde genesen, alsbald wieder von seinem heißen Fieber gepackt. Er hatte nur einen einzigen Traum – einen, der morbider und eisiger war als alles, was sich der Marquis de Sade an Verworfenem ausgedacht hat: Und das war, das Patent eines Generalhenkers für alle europäischen Hauptstädte zu erlangen. Er behauptete, die guten Traditionen und die Geschicklichkeit in diesem künstlerischen Bereich der Zivilisation seien gefährdet; es sei, wie man sagt, Gefahr im Verzuge, und auf Grund der Dienste, die er im Orient geleistet habe – so pflegte er sich in den Gesuchen auszudrücken, die er immer wieder einreichte –, hoffe er – falls die Fürsten geruhten, ihm ihr Vertrauen zu schenken –, den Sträflingen die klangvollsten Schmerzensschreie zu entlocken, die jemals obrigkeitliche Ohren unter Kerkergewölben vernommen haben. Denken Sie doch! Wenn

man in seiner Gegenwart von Ludwig XVI. spricht, leuchten seine Augen auf und sprühen einen einmaligen Haß übers Grab hinaus: Denn Ludwig XVI. ist ja der Herrscher gewesen, der die Todesstrafe abschaffen zu müssen glaubte, und so ist, wie es scheint, dieser Monarch wohl der einzige Mensch, den Monsieur de H. jemals gehaßt hat.

Mit seinen Gesuchen ist er, wie Sie sich wohl denken können, immer wieder gescheitert, und nur dank den Bemühungen seiner Erben, hat man ihn nicht, wie er es verdient hätte, eingesperrt. Es ist tatsächlich so, daß Klauseln im Testament seines Vaters, des seligen Barons von H., die Familie zwingen, seinen bürgerlichen Tod zu verhindern, und zwar im Hinblick auf riesige Geldverluste, die ein solcher Tod den Nächsten dieses Namens bringen würde. So also reist er frei umher. Er steht mit allen Herren im Scharfrichteramt auf gutem Fuß. In allen Städten, in die er kommt, gilt ihnen sein erster Besuch. Oft hat er ihnen hohe Summen geboten, damit sie ihn ihres Amtes walten ließen, und, ganz unter uns, ich glaube«, fügte der Doktor mit einem Augenzwinkern hinzu, »in Europa hat er auch einige dazu verleitet.

Von diesen ausgefallenen Unternehmungen abgesehen, muß man sagen, daß sein Wahnsinn harmlos ist, denn er wirkt sich nur bei Personen aus, die rechtskräftig verurteilt sind. Jenseits seiner geistigen Störung genießt Baron von H. den Ruf eines friedfertigen und sogar liebenswerten Mannes. Bisweilen läßt sein zweideutig-sanftmütiges Wesen seine Freunde, die um diese schreckliche Marotte wissen, vielleicht, wie man sagt, erschaudern, das ist aber auch alles.

Dennoch spricht er oft mit einer gewissen Sehnsucht vom Orient, und ständig will er dorthin zurückkehren. Die Tatsache, daß man ihm das Diplom des Hauptfolterknechtes der Welt verweigert hat, hat ihn in eine finstere Melancholie gestürzt. Stellen Sie sich die Träume eines Torquemada oder Arbuez, eines Herzogs von Alba oder von York vor! Seine Monomanie greift von Tag zu Tag mehr um sich. So wird er immer, wenn eine Hinrichtung bevorsteht, von geheimen Agenten verständigt, noch vor den Scharfrichtern selbst! Er eilt, er fliegt herbei, er verschlingt geradezu die Entfernung, sein Platz wird ihm am Fuß des Schafotts frei gehalten. In dem Augenblick, in dem ich hier spreche, ist er auch wieder dort: Er würde nicht ruhig schlafen, wenn er nicht den letzten Blick des Verurteilten erhascht hätte. Das ist, Mesdames et Messieurs, der Mann von Stand, mit dem die Nacht zu verbringen Sie den Vorzug hatten. Ich möchte noch hinzufügen, daß er, außerhalb seines Wahnsinns, in seinen gesellschaftlichen Beziehungen ein wahrhaft untadeliger Mann von Welt ist, und zudem ein Unterhalter, der wie keiner fesselt, kurzweilig und . . .«

»Genug, Doktor! Hören Sie auf!« riefen Antonie und Clio La Cendrée, die von dem scharfen, sardonischen Erzählton Florians außerordentlich beeindruckt waren.

»Aber er ist ja der wahre Cicisbeo der Guillotine!« flüsterte Susannah, »der ›dilettante‹, der Liebhaber der Tortur!«

»Wahrhaftig, Doktor, wenn ich Sie nicht kennen würde . . .«, stammelte C.

»Dann würden Sie mir wohl nicht glauben?« unterbrach ihn Les Églisottes. »Ich selber habe es lange Zeit nicht glauben wollen; aber wenn Sie wollen, können wir ja hingehen. Ich habe gerade meine Zulassungskarte bei mir; wir könnten bis zu ihm vordringen, trotz der Sperre von Berittenen. Ich bitte Sie lediglich, während der Urteilsvollstreckung sein Gesicht zu beobachten, nichts weiter. Danach werden Sie keine Zweifel mehr hegen.«

»Vielen Dank für die Einladung!« rief C. »Ich ziehe vor, Ihnen zu glauben, so absurd das auch sein mag, was Sie da Mysteriöses erzählen.«

»Oh, Ihr Baron ist schon ein Kerl!« fuhr der Doktor fort und machte sich an ein paar Krebse, die wie durch ein Wunder noch unangerührt dastanden.

Dann sagte er, als er sah, wie niedergeschlagen wir alle waren: »Sie dürfen sich über das, was ich Ihnen anvertraut habe, nicht allzusehr wundern oder aufregen. Das Abstoßende an der Sache ist allein die Einseitigkeit der Monomanie. Im übrigen ist er ein Irrer, und nichts weiter. Lesen Sie einmal über Geisteskranke nach: da werden Sie geradezu überraschenden Fällen begegnen; und ich schöre Ihnen, in jedem Augenblick haben wir am hellichten Tage mit welchen zu tun, die davon befallen sind, und ahnen es nur nicht.«

»Liebe Freunde«, schloß C. nach einem Augenblick allgemeinen Betroffenseins, »ich muß gestehen, ich empfände nicht den geringsten Widerwillen, mit jemandem anzustoßen, der mir den weltlichen Arm entgegenstreckte, wie man in den Zeiten zu sagen pflegte, wo die Arme der Henker auch religiöser Natur sein konnten. Ich würde die Gelegenheit dazu nicht gerade suchen; wenn sie sich mir aber böte, so muß ich, ohne dabei besonders großspurig daherzureden – und Les Églisottes wird mich vor allem verstehen –, Ihnen sagen, daß der Anblick oder gar die Gesellschaft derer, die das Amt des Henkers versehen, nicht den geringsten Eindruck auf mich machen würde. Ich habe niemals recht verstanden, warum man damit in Melodramen so viel ›Effekte‹ zu erzielen versucht.

Der Anblick eines Menschen aber, der dem Wahnsinn verfallen ist, weil er dieses Amt legal ausüben darf, ja, ein solcher macht einigen Eindruck auf mich. Ich zögere nicht, zu erklären: Wenn es innerhalb der Menschheit Seelen gibt, die einer Hölle entgangen sind, so ist unser Gast von heute nacht einer der Schlimmsten, die einem begegnen können. Sie mögen ihn noch so wahnsinnig nennen, das erklärt nicht seine wahre Natur. Ein richtiger Henker wäre mir gleichgültig; unser schrecklicher

Besessener aber läßt mich auf eine undefinierbare Weise erschauern!«
Das Schweigen, mit dem C.s Worte aufgenommen wurden, war so feierlich, wie wenn der Tod in Person plötzlich seinen kalten Schädel zwischen den Leuchtern hätte auftauchen lassen.
»Ich fühle mich nicht ganz wohl«, sagte Clio La Cendrée mit einer Stimme, in der nervliche Überreizung und ein Frösteln vor der hereingebrochenen Morgendämmerung mitschwangen. »Laßt mich nicht allein. Kommt mit in die Villa. Versuchen wir, meine Freunde, dieses Abenteuer zu vergessen; kommt: Bäder, Pferde und Schlafgemächer stehen euch zur Verfügung.« Sie wußte kaum, was sie sprach. »Es ist mitten im Bois, in zwanzig Minuten können wir dort sein. Versteht mich doch, bitte. Der Gedanke an diesen Herrn macht mich fast krank, und wenn ich allein wäre, wäre ich immerfort in Unruhe, er könnte plötzlich eintreten, eine Lampe in der Hand, die sein fahles Lächeln, das mir angst macht, erhellte.«
»Ja, das war eine rätselvolle Nacht!« sagte Susannah Jackson.
Les Églisottes wischte sich mit zufriedener Miene die Lippen ab, nachdem er sein Krebsessen beendet hatte.
Wir läuteten. Joseph kam herein. Während wir mit ihm einig wurden, flüsterte die Schottin Antonie etwas zu und betupfte sich dabei die Wange mit einer kleinen Quaste aus Schwan: »Hast du Joseph nichts zu sagen, kleine Yseult?«
»Ja, doch«, antwortete das hübsche, ganz blasse Geschöpf, »du hast erraten, was ich will, Närrin!«
Dann wendete sie sich dem Hausverwalter zu und fuhr fort:
»Joseph, nehmen Sie diesen Ring, für mich ist der Rubin ein wenig zu dunkel. Nicht wahr, Susanne? Die Brillanten sehen alle aus, als wollten sie um diesen Blutstropfen herum weinen. Verkaufen Sie ihn noch

heute, und geben Sie das Geld den Bettlern, die am Haus vorbeikommen.«
Joseph nahm den Ring, verneigte sich mit jenem schlafwandlerischen Gruß, dessen Geheimnis allein er beherrschte, und ging hinaus, um die Wagen vorfahren zu lassen, während die Damen ihre Toiletten ordneten,

sich in ihre Dominos aus schwarzem Satin hüllten und die Masken wieder aufsetzten.
Es schlug sechs Uhr.
»Einen Augenblick«, sagte ich und wies mit dem Finger auf die Pendeluhr, »diese Stunde macht uns alle ein wenig zu Komplicen des Wahnsinns dieses Mannes. Lassen wir also mehr Nachsicht für ihn walten. Sind wir

in diesem Augenblick nicht auch einer Barbarei teilhaftig, die genauso düster ist wie die seine?«

Auf diese Worte hin blieben alle schweigend stehen. Susannah schaute mich durch ihre Maske an. Mir war, als wenn Stahl aufleuchtete. Sie wendete den Kopf weg und öffnete schnell ein Fenster.

In der Ferne schlug die Stunde von allen Glockentürmen von Paris.

Beim sechsten Schlag ergriff uns ein tiefer Schauer, und ich sah, in Gedanken verloren, vor mir den kupfernen Kopf eines Dämons, der an einem Gardinenhalter mit verkrampften Zügen die blutroten Fluten der Vorhänge zusammenhielt.

Die Unbekannte

DER GRÄFIN DE LACLOS GEWIDMET

Der Schwan schweigt sein Leben lang,
um dann ein einziges Mal schön zu singen.
Altes Sprichwort

Das heilige Kind war's,
das bei schönem Vers erblaßte.
Adrien Juvigny

An jenem Abend glänzte ganz Paris in der Italienischen Oper. Man gab ›Norma‹. Es war die Abschiedsvorstellung von Maria-Felicia Malibran.

Das ganze Haus hatte sich bei den letzten Tönen des Gebetes ›Casta diva‹ von Bellini erhoben und rief die Sängerin in einem einmaligen Begeisterungssturm immer wieder heraus. Man warf ihr Blumen, Armbänder und Kränze zu. Ein Hauch von Unsterblichkeit umgab die erhabene Künstlerin, die, dem Tode nahe, dahinschwand, während sie noch zu singen glaubte!

In der Mitte der Orchestersessel brachte ein ganz junger Mann, dessen Gesichtszüge ein entschlossenes und stolzes Wesen bekundeten, die leidenschaftliche Bewunderung, die ihn beherrschte, so heftig zum Ausdruck, daß beim Applaudieren seine Handschuhe zerplatzten.

Niemand aus der Pariser Gesellschaft kannte diesen Zuschauer. Er hatte nicht das Aussehen eines Provinzlers, wohl aber das eines Fremden. Er hätte ohne die angeborene und geheimnisvolle Anmut, die von seiner ganzen Persönlichkeit ausging, in seinem etwas zu neuen, aber mattglänzenden und tadellos geschnittenen Anzug fast etwas sonderbar gewirkt. Wer ihn genauer betrachtet hätte, wäre der Meinung gewesen, er sei von Weite, Himmel und Einsamkeit umgeben. Das war außergewöhnlich; aber ist Paris denn nicht die Stadt des Außergewöhnlichen?

Wer war er, und woher kam er?

Er war ein ungeselliger junger Mann, der verwaiste Sohn eines großen Herrn – eines der letzten dieses Jahrhunderts –, ein melancholischer Schloßherr aus dem Norden, der vor drei Tagen bei Nacht aus einem Schloß in Cornwall entwichen war.
Er hieß Graf Félicien de la Vierge und besaß in der Basse-Bretagne das Schloß Blanchelande. Ganz plötzlich hatte diesen Jäger heißer Daseinshunger, Neugier auf unseren herrlichen Hexenkessel gepackt und in Fieber versetzt! Er hatte sich also auf die Reise begeben, und so war er nun ganz einfach da. Erst seit diesem Morgen weilte er in Paris, so daß seine großen Augen noch strahlten.
Es war sein erster Ausgang als junger Mann. Er zählte zwanzig Lenze. Es war sein Eintritt in eine Welt des Erglühens, des Vergessens, der Banalitäten, des Goldes und der Lustbarkeiten. Und rein zufällig war er gerade zurechtgekommen, um den Abschiedsgesang derjenigen zu hören, die von der Bühne abtrat.
Nur wenige Augenblicke hatte er gebraucht, um sich an den strahlenden Glanz des Zuschauerraumes zu gewöhnen. Doch schon bei den ersten Tönen der Malibran war sein Innerstes ergriffen; der Saal war für ihn nicht mehr da. Die Gewöhnung an das Schweigen des Waldes, an den rauhen Wind der Klippen, an das Tosen des Wassers über den Steinen der Wildbäche und an den feierlichen Einbruch der Dämmerung hatte diesen stolzen jungen Mann zum Poeten werden lassen, und es schien ihm nun, als trüge ihm im Klang der Stimme, die er da hörte, die Seele all dieser Dinge aus der Ferne die Bitte zu, wieder heimzukehren.
In dem Augenblick, da er gerade, von Begeisterung hingerissen, der begnadeten Schauspielerin Beifall klatschen wollte, hielten plötzlich seine Hände inne; reglos saß er da.
An der Brüstung einer Loge war eben eine junge Frau von großer Schönheit erschienen. Sie sah auf die Bühne.

Die feinen und edlen Linien ihres fliehenden Profils wurden von dem roten Dunkel der Loge beschattet, ganz wie eine florentinische Kamee in ihrer Fassung. Blaß, eine Gardenie im braunen Haar, und ganz allein, stützte sie ihre Hand, deren Form eine erlauchte Abstammung verriet, auf die Logenbrüstung. Dort, wo das Mieder ihres von Spitzen umhüllten Abendkleides aus schwarzem Moiré zusammengerafft war, leuchtete in einem goldenen Rund ein kranker Stein, ein wundervoller Opal, der wohl das Abbild ihrer Seele war. Ohne dem Saal Beachtung zu schenken, schien sie sich, ganz in sich verloren, unter dem unwiderstehlichen Zauber dieser Musik selbst zu vergessen.
Der Zufall wollte es indessen, daß sie ihre Augen gedankenlos der Menge zuwandte; in diesem Augenblick begegneten sich für eine Sekunde, nur für die Zeit, die es braucht, um aufzustrahlen und wieder zu erlöschen, die Blicke des jungen Mannes und die ihren.
Waren sie sich jemals begegnet? – Nein. Nicht auf Erden. Doch mögen diejenigen, die sagen können, an welchem Punkte die Vergangenheit beginnt, entscheiden, wo diese beiden Wesen sich wirklich schon einmal angehört hatten; denn dieser einzige Blick hatte sie ein für allemal überzeugt, daß sie nicht erst, seit sie in der Wiege lagen, existierten. Der Blitz beleuchtet mit einem einzigen Strahl die Wellen und Schaumkronen des nächtlichen Meeres und am Horizont die fernen Silberlinien der Fluten: auf gleiche Weise hatte auch dieser rasche Blick im Herzen des jungen Mannes nicht allmählich seine Wirkung getan, es war das innerliche und magische Aufleuchten einer Welt, die sich plötzlich auftut! Er schloß zunächst die Augenlider, als wollte er die beiden blauen Lichter festhalten, die sich in seinen Augen verloren hatten; dann wieder mühte er sich, diesem ihn beklemmenden Taumel zu widerstehen. Schließlich hob er die Augen zu der Unbekannten. Sinnend ruhte ihr Blick noch in dem seinen, als habe sie

die Gedanken dieses an Gesellschaft nicht gewöhnten Liebhabers verstanden und als sei es für sie etwas Selbstverständliches. Félicien fühlte, daß er blaß wurde; ihm war bei diesem Blick, als schlängen sich zwei Arme schmachtend um seinen Hals. Es war um ihn geschehen! Das Gesicht dieser Frau hatte sich in seine Seele wie in einen vertrauten Spiegel versenkt, es hatte sich darin verkörpert, sich darin wiedererkannt und wie durch übernatürlichen Sinneszauber für immer darin festgesetzt. Er war von einer ersten und unvergeßlichen Liebe ergriffen.

Inzwischen hatte die junge Frau ihren Fächer, dessen schwarze Spitzen ihre Lippen berührten, entfaltet und schien in ihre Teilnahmslosigkeit zurückgefallen zu sein. Man hätte jetzt sagen können, sie lausche ausschließlich den Melodien aus ›Norma‹.

In dem Augenblick, als Félicien sein Opernglas auf die Loge richten wollte, fühlte er, daß das nicht schicklich war.

›Wenn ich sie aber doch liebe!‹ sagte er bei sich.

Während er ungeduldig das Ende des Aktes erwartete, sammelte er sich. – Wie sollte er sie ansprechen? Wie ihren Namen erfahren? Er kannte ja niemanden. Sollte er morgen das Abonnementsregister der Italienischen Oper einsehen? Und wenn es sich nun um eine freie Loge handelte, die nur für diesen Abend gekauft worden war? Die Zeit drängte, das Traumbild würde verschwinden. Nun, sein Wagen würde einfach dem ihren nachfahren, damit wäre alles gelöst. Es schien keine andere Möglichkeit zu geben. Später würde ihm schon etwas einfallen! Zudem meinte er in seiner erhabenen Einfalt: ›Wenn sie mich liebt, wird sie es schon merken und mir irgendein Zeichen geben.‹

Der Vorhang fiel. Félicien verließ sehr schnell den Saal. Als er in der Vorhalle war, ging er, wie von ungefähr, vor den Statuen auf und ab.

Seinem Kammerdiener, der auf ihn zukam, flüsterte er

einige Weisungen zu. Dieser zog sich darauf in eine Ecke zurück und blieb dort aufmerksam stehen.
Der lang anhaltende Beifallssturm, den man der Sängerin darbrachte, ließ allmählich nach, wie alles Triumphgetöse auf dieser Welt. Man kam die große Treppe herab. Félicien richtete seinen Blick nach oben, auf die Stelle zwischen den beiden Marmorvasen, von wo sich der glänzende Strom der Menge ergoß, und wartete.
Er sah weder etwas von den strahlenden Gesichtern noch von dem Geschmeide, den Blumen an den Stirnen der jungen Mädchen, den Hermelinumhängen und der prächtigen Flut, die an ihm im Lichterglanz vorüberwogte.
Und diese ganze Gesellschaft verlor sich bald nach und nach, ohne daß die junge Frau erschienen wäre.

Hatte er sie denn an sich vorübergehen lassen, ohne sie zu erkennen? – Nein, das war unmöglich. Ein alter Diener mit gepudertem Haar stand noch, mit Pelzen beladen, im Vorraum. Auf den Knöpfen seiner schwarzen Livree funkelten die Eichblätter einer herzoglichen Krone.
Plötzlich erschien sie oben auf der menschenleeren Treppe. Ganz allein! Schlank, in einen Samtmantel gehüllt und das Haar unter einem Spitzenschleier versteckt, legte sie ihre behandschuhte Hand auf die Marmorbrüstung. Sie sah Félicien neben einer Statue stehen, doch schien seine Anwesenheit sie nicht weiter zu beschäftigen.
In aller Ruhe stieg sie die Treppe herab. Dem Diener, der auf sie zugekommen war, sagte sie mit leiser Stimme eine paar Worte. Der Lakai verbeugte sich und zog sich sogleich zurück. Einen Augenblick später hörte man das Geräusch eines davonfahrenden Wagens. Danach ging sie ins Freie hinaus. Immer noch allein, stieg sie die Stufen vor der Oper hinab. Félicien nahm sich kaum die Zeit, seinem Kammerdiener die Worte zuzurufen:
»Kehren Sie allein ins Hotel zurück!«
Im nächsten Augenblick schon war er auf der Place des Italiens, nur wenige Schritte von der Dame entfernt; die Menge hatte sich schon in die benachbarten Straßen zerstreut, und der Widerhall der sich entfernenden Wagen wurde schwächer.
Es war eine trockene, sternklare Oktobernacht.
Die Unbekannte ging sehr langsam und als sei sie nicht daran gewöhnt. Sollte er ihr folgen? Es mußte sein, entschied er. Der Herbstwind trug ihm den ganz schwachen Ambraduft zu, der von ihr ausging, sowie das schleppende und knisternde Rascheln des Moirés auf dem Asphalt.
Am Eingang der Rue Monsigny hielt sie erst eine Sekunde Umschau, dann ging sie, als wäre es ihr gleich-

gültig, bis zu der einsamen und nur wenig beleuchteten Rue de Grammont weiter.
Plötzlich blieb der junge Mann stehen; ein Gedanke schoß ihm durch den Kopf. Vielleicht war sie hier fremd!
Es konnte ein Wagen vorüberkommen und sie für immer entführen! Dann hätte er morgen mit dem Pflaster der ganzen Stadt Bekanntschaft machen können, ohne sie wiederzufinden. Durch den Zufall einer Straße, eines Augenblicks, der die Ewigkeit bedeuten kann, für alle Zeit von ihr getrennt sein! Welch eine Zukunft! Dieser Gedanke beschäftigte ihn derart, daß er ihn jede Rücksichtnahme auf Schicklichkeit vergessen ließ.
An der Ecke der düsteren Straße überholte er die junge Frau; dann drehte er sich um, stützte sich gegen den gußeisernen Pfahl der Straßenlaterne und grüßte sie erblassend; danach sagte er ganz einfach, wobei von seinem ganzen Wesen eine Art bezaubernder Anziehungskraft ausging:
»Madame, Sie wissen es, ich habe Sie heute abend zum ersten Male gesehen.« Und mit leiser Stimme fuhr er fort: »Da ich befürchte, Sie nicht wieder zu treffen, muß ich Ihnen sagen« – er konnte kaum noch sprechen –, »daß ich Sie liebe und daß ich, wenn Sie an mir vorübergehen, sterben werde, ohne daß ich diese Worte jemals einem anderen Wesen gegenüber wiederhole.«
Sie blieb stehen, hob ihren Schleier und sah Félicien aufmerksam und eindringlich an. Nach kurzem Schweigen antwortete sie mit einer Stimme, deren Reinheit die leisesten Regungen der Seele offenbarte:
»Monsieur, das Gefühl, das bei Ihnen diese Blässe und eine solche Haltung hervorruft, muß wirklich sehr tief sein, wenn Sie in ihm die Rechtfertigung für das finden können, was Sie da tun. Ich fühle mich deshalb auch keineswegs verletzt. Beruhigen Sie sich, und sehen Sie mich als Freundin an.«
Félicien war über diese Antwort nicht erstaunt, denn es

schien ihm nur natürlich, daß sein Ideal auf ideale Weise antwortete.
Sie waren wirklich in einer Lage, in der sich beide immer wieder fragen mußten, ob sie würdig seien, zu der Art von Menschen zu gehören, die bestimmt, was schicklich ist, und nicht zu der, die sich diesen Bestimmungen fügen muß. Das, was die Allgemeinheit schlechthin als schicklich bezeichnet, ist nichts weiter als eine mechanische, sklavische, ja fast äffische Nachahmung dessen, was Wesen edler Natur unter allgemeinen Umständen einmal von ungefähr zu tun pflegten.
In einer Aufwallung unbefangener Zärtlichkeit küßte er die Hand, die ihm geboten wurde.
»Wollen Sie mir die Blume schenken, die Sie an diesem Abend in Ihrem Haar getragen haben?«
Die Unbekannte zog schweigend die blasse Blume unter den Spitzen hervor und reichte sie Félicien mit den Worten:
»Und nun leben Sie wohl, und zwar für immer.«
»Leben Sie wohl! . . .«, stammelte er. »Sie lieben mich also nicht! – Ach, Sie sind verheiratet!« rief er plötzlich.
»Nein.«
»Frei! O Himmel!«
»Vergessen Sie mich dennoch! Es muß sein, Monsieur.«
»Sie sind doch aber in einem einzigen Augenblick zum Schlag meines Herzens geworden! Kann ich denn ohne Sie leben? Keine andere Luft als die, die Sie umgibt, möchte ich atmen! Was Sie da sagen, verstehe ich nicht mehr: Ich soll Sie vergessen ... wie könnte ich das?«
»Mich hat ein schreckliches Unglück betroffen. Es Ihnen anzuvertrauen hieße Sie todtraurig machen; und das hat keinen Sinn.«
»Welches Unglück vermag die zu trennen, die sich lieben?«
»Meines.«
Als sie dieses Wort aussprach, schloß sie die Augen.

Die Straße zog sich lang hin und war wie ausgestorben. Dicht bei ihnen stand ein Portal weit offen, das zu einem kleinen umfriedeten Platz, einer Art armseligem Garten, führte. Er schien ihnen sein Dunkel anzubieten.
Sie glich jetzt einem Kinde, dem man, wenn es in Anbetung versunken ist, nicht widerstehen kann; Félicien umfaßte ihre Taille, ohne daß sie sich zu entziehen suchte, und führte sie unter diesen dunklen Torbogen.
Die berauschende Empfindung der glatten und lauen Seide, die sie eng umschloß, gab ihm den fieberhaften Wunsch ein, sie zu umarmen, fortzutragen, in ihrem Kuß zu vergehen. Er überwand sich. Aber der Taumel nahm ihm die Fähigkeit zu sprechen. Er vermochte nichts zu sagen als die gestammelten und undeutlichen Worte:
»Mein Gott, wie ich Sie doch liebe!«
Da legte die Frau ihren Kopf an die Brust dessen, der sie so liebte, und sagte mit bittender und verzweifelter Stimme:
»Ich höre Sie nicht! Ich sterbe vor Scham! Ich höre Sie nicht! Nicht einmal Ihren Namen könnte ich hören! Nicht einmal ihren letzten Seufzer vermöchte ich zu vernehmen! Ich höre Ihr Herz nicht schlagen, das gegen meine Stirn und meine Lider klopft! Sehen Sie denn nicht, welch entsetzliches Leiden mich zugrunde richtet? – Ich bin . . . ach! ich bin taub!«
»Taub?« rief Félicien aus, den wie ein Blitz ein kalter Schauder durchzuckte und der von Kopf bis Fuß erbebte.
»Jawohl, seit Jahren! Ach, alles menschliche Wissen reichte nicht aus, mich aus dieser entsetzlichen Stille zu erlösen. Ich bin taub wie der Himmel und wie das Grab, Herr! Ich möchte den Tag verwünschen, aber es ist Wahrheit! Darum lassen Sie mich!«
»Taub . . .«, wiederholte Félicien, der durch diese unvorstellbare Enthüllung völlig gedanken- und fassungs-

los geworden, ja außerstande war, zu überlegen, was er sagte:
»Taub?«
Dann aber rief er plötzlich aus:
»Aber heute abend in der Italienischen Oper applaudierten Sie doch der Musik!«
Er hielt in seiner Rede inne, als er daran dachte, daß sie ihn ja nicht hören konnte. Diese Tatsache wurde ihm ganz plötzlich so erschreckend bewußt, daß sie ein Lächeln bei ihm hervorrief.
»In der Italienischen Oper?« erwiderte sie, ebenfalls lächelnd. »Sie vergessen, daß ich Muße genug hatte, zu studieren, wie sich die vielen Gefühle auf den Gesichtern widerspiegeln. Bin ich darin die einzige? Wir nehmen den Platz ein, den das Schicksal uns bestimmt, und es ist unsere Pflicht, auf ihm auszuharren. Die edle Frau, die gesungen hat, verdiente doch wohl in höchstem Maße irgendwelche Beweise meines Mitempfindens. Im übrigen, sind Sie der Meinung, daß sich meine Beifallsbezeigungen sehr von denen der enthusiastischen ›dilettanti‹ unterschieden? Ich habe früher auch musiziert!«
Bei diesen Worten sah Félicien sie etwas verwirrt an und sagte, indem er sich weiter zum Lächeln zwang:
»Oh, machen Sie sich etwa über ein Herz lustig, das Sie bis zur Selbstaufgabe liebt? Sie sagen von sich, daß Sie nichts hören, und antworten mir doch!«
»Ach«, erwiderte sie, »das erscheint so, weil . . . Sie das, was Sie sagen, für etwas Eigenes halten, mein Freund! Sie meinen es gewiß aufrichtig, aber Ihre Worte sind nur für Sie neu. Für mich führen Sie nur einen Dialog, bei dem ich schon im voraus alle Antworten weiß. Seit Jahren ist das für mich immer wieder dasselbe. Es ist eine Rolle, bei der alle Worte auf eine wahrhaft grausige Weise ganz genau vorgeschrieben sind und sich mit Notwendigkeit so ergeben. Ich beherrsche sie dermaßen, daß, wenn ich Sie erhörte – was

eine Sünde wäre – und mein Unglück, wäre es auch nur für wenige Tage, mit Ihrem Geschick vereinte, Sie das furchtbare Geständnis, das ich Ihnen gemacht habe, fortwährend vergessen würden. Nicht mehr und nicht weniger als jede andere Frau könnte ich Sie in Illusion versetzen, vollkommen und haargenau, dessen können Sie gewiß sein! Ich würde sogar um vieles wirklicher sein als die Wirklichkeit. Bedenken Sie doch, daß die gleichen Umstände immer die gleichen Worte erfordern und daß sich der Gesichtsausdruck ihnen immer ein wenig anpaßt! Sie würden gar nicht glauben, daß ich sie nicht verstehe, so genau würde ich sie erraten. – Denken wir nicht mehr daran, ja?«
Jetzt spürte er, wie ihn schauderte.
»Ach«, sagte er, »welch bittere Worte dürfen Sie mit Recht aussprechen! Was aber mich angeht, ich will, wie dem auch sei, gern mit Ihnen teilen, und müßte es das ewige Schweigen sein. Warum wollen Sie mich aus diesem Unglück ausschließen? Ich hätte doch auch das Glück mit Ihnen geteilt! Und unsere Seele kann uns für alles, was es sonst noch gibt, entschädigen.«
Die junge Frau fuhr zusammen, und mit glänzenden Augen sah sie ihn an.
»Würden Sie mit mir ein wenig diese düstere Straße entlanggehen und mir dabei Ihren Arm bieten?« fragte sie ihn. »Wir wollen uns dabei vorstellen, es sei eine Promenade voller Bäume, voller Frühling und Sonnenschein! Auch ich möchte Ihnen etwas sagen, was ich dann nie wieder aussprechen werde.«
Die beiden Liebenden gingen, das Herz von schicksalsschwerer Traurigkeit umfangen, Hand in Hand, wie Verbannte.
»Hören Sie mich an«, sagte sie, »Sie, der Sie den Klang meiner Stimme hören können. Warum habe ich sofort empfunden, daß Sie mich nicht beleidigen wollten? Und weshalb habe ich Ihnen geantwortet? Wissen Sie das? Gewiß, es ist ganz natürlich, daß ich gelernt habe,

aus den Zügen eines Gesichts und aus dem Gehaben die Empfindungen herauszulesen, die das Tun eines Menschen bestimmen; etwas ganz anderes aber ist es, daß ich mit einer ebenso gründlichen und sozusagen fast unbegrenzten Genauigkeit den Wert und die Beschaffenheit dieser Empfindungen sowie ihre innere Harmonie bei dem erahne, der zu mir spricht. Als Sie es über sich brachten, mir gegenüber diese entsetzliche Taktlosigkeit von eben zu begehen, war ich sicher die einzige Frau, die im selben Augenblick deren wahre Bedeutung erfassen konnte. Ich habe Ihnen geantwortet, weil ich meinte, auf Ihrer Stirn jenes unbekannte Zeichen leuchten zu sehen, das diejenigen auszeichnet, deren Denken, weit davon entfernt, von ihren Leidenschaften verdunkelt, beherrscht und geknebelt zu werden, alle Gemütsregungen im Leben groß und göttlich macht und das Ideale in ihren Empfindungen hervorkehrt. Mein Freund, lassen Sie mich Ihnen mein Geheimnis verraten. Das zunächst so schmerzliche Verhängnis, das mein körperliches Dasein betroffen hat, ist für mich zu einer Befreiung von vielerlei Fesseln geworden! Es hat mich von jener geistigen Taubheit erlöst, der andere Frauen meist zum Opfer fallen.
Es hat meine Seele für die Schwingungen der ewigen Dinge empfänglich gemacht, von denen Wesen meines Geschlechts für gewöhnlich nur das Zerrbild kennen. Ihre Ohren bleiben für diesen wunderbaren Widerhall, diese erhabenen Ausstrahlungen verschlossen! Und zwar so, daß sie der Schärfe ihres Gehörs nur die Fähigkeit verdanken, bei den zartesten und reinsten Lustgefühlen allein das wahrzunehmen, was triebhaft und äußerlich ist. Sie sind sozusagen die Hesperiden, die Hüterinnen der verzauberten Früchte, deren magische Kraft ihnen für immer unbekannt bleibt! Ach, ich bin taub . . . aber sie! Was hören sie denn? Oder vielmehr, was vernehmen sie aus den an sie gerichteten Worten anderes als das verworrene Geräusch, das mit dem

Mienenspiel dessen in Einklang steht, der mit ihnen spricht? Und zwar so, daß sie, dem scheinbaren Sinn gegenüber durchaus nicht, wohl aber dem alles enthüllenden und tiefen Wert, dem wahren Sinn jedes Wortes gegenüber, sich damit zufriedengeben, in dem Gesprochenen eine beabsichtigte Schmeichelei zu sehen, die ihnen vollauf genügt. Das nennen sie dann mit jenem bekannten Lächeln ›das Positive am Leben‹ . . . Oh, wenn Sie erst das Leben kennen, dann werden Sie das noch erfahren! Es wird Ihnen aufgehen, welchen rätselhaften geheimnisvollen Schwall an Harmlosigkeit, Selbstgefälligkeit und niedriger Frivolität, und nichts weiter als das, dieses liebliche Lächeln in sich birgt! Versuchen Sie einmal, einer von ihnen die bezaubernde, göttliche, undurchsichtige und wie die Nacht wahrhaft von Sternen übersäte Tiefe der Liebe begreiflich zu machen, wie sie Wesen Ihrer Art empfinden! Wenn aber das, was Sie sagen, wirklich bis zum Gehirn durchdringt, so wird es sich dort wie ein reiner Quell, der einen Sumpf durchfließt, derart trüben, daß es dann geradeso ist, wie wenn diese Frau es überhaupt nicht gehört hätte. ›Das Leben ist ohnmächtig, solche Träume zu erfüllen‹, sagen sie, ›und Sie verlangen zuviel von ihm!‹ Ach, als ob das Leben nicht von Lebenden gestaltet würde!«

»Mein Gott!« flüsterte Félicien.

»Jawohl«, fuhr die Unbekannte fort, »eine Frau kann aus jener Grundbedingung ihres Wesens, der geistigen Taubheit, nicht heraus, es sei denn vielleicht, sie zahlte wie ich ein Lösegeld von unermeßlicher Höhe. Ihr Männer seht in die Frauen etwas Geheimnisvolles hinein, weil sie sich immer nur durch Handlungen äußern. Hochmütig und stolz auf dieses Geheimnis, das sie selbst nicht kennen, machen sie gern glauben, man könnte sie verstehen. Und dann vergeudet jeder Mann, der sich geschmeichelt fühlt, weil er sich für den Erwarteten hält, der sie versteht, sein Leben und heiratet eine

Sphinx aus Stein. Und keiner von ihnen kann sich vorher zu der Erkenntnis aufschwingen, daß ein Geheimnis, so furchtbar es auch sein möge, dem Nichts gleichkommt, wenn es niemals preisgegeben wird.«
Die Unbekannte hielt inne.
»Ich bin heute abend bitter gestimmt«, fuhr sie fort, »und der Grund dafür ist folgender: Ich beneidete sie nicht mehr um das, was sie besitzen, nachdem ich festgestellt hatte, wie sie es nutzen – und daran dachte, was ich selbst zweifellos daraus gemacht hätte. Doch nun sind Sie da, sind Sie da, Sie, den ich ehedem so geliebt hätte! . . . Ich sehe Sie! . . . Ich ahne, wie Sie sind! Ich sehe Ihre Seele in Ihren Augen, Sie bieten sie mir dar, und ich kann sie nicht annehmen!«
Die junge Frau verbarg ihre Stirn in den Händen.
»Oh«, antwortete Félicien ganz leise, mit Tränen in den Augen, »ich kann die deine zumindest im Hauch deiner Lippen küssen! Verstehe mich doch! Wende dich doch dem Leben zu! Du bist so schön! Die Verschwiegenheit unserer Liebe wird sie noch unauslöschlicher und erhabener machen, meine Leidenschaft wird unter deinem Schmerz und all unserer Schwermut noch wachsen. Teure, mir auf immer vermählte Frau, laß uns miteinander leben!«
Sie sah ihn mit ihren ebenfalls tränenvollen Augen an, legte die Hand auf den Arm, der sie umschlang, und sagte:
»Sie werden selbst zugeben, daß das unmöglich ist! Hören Sie weiter! Ich will Ihnen in diesem Augenblick alle meine Gedanken offenbaren, denn Sie werden mich nie wieder vernehmen . . ., und ich möchte nicht vergessen werden.«
Sie sprach langsam und lehnte beim Gehen den Kopf an die Schulter des jungen Mannes.
»Miteinander leben! sagen Sie, . . . Sie vergessen, daß nach dem ersten Rausch das Leben ein Gepräge annimmt, wo es unumgänglich wird, daß man sich ge-

nauer ausspricht. Das ist ein weihevoller Augenblick! Und es ist auch gleichzeitig der gefürchtete Moment, in dem diejenigen, die einander geheiratet haben, ohne ihren Worten Beachtung zu schenken, ihre gerechte Strafe dafür erhalten, daß sie dem wahren, ja dem einzigen Sinn zuwenig Wert beigemessen haben, den diese Worte durch die, die sie aussprechen, bekommen. ›Keine Illusionen mehr!‹ sagen sie dann und glauben, hinter einem nichtssagenden Lächeln die schmerzliche Verachtung verbergen zu können, die sie in Wahrheit für eine Liebe wie die ihre empfinden, und die Verzweiflung, die sie erfaßt, wenn sie es sich selbst eingestehen.

Denn sie wollen nicht wahrhaben, daß ihnen nur das zuteil geworden ist, wonach sie verlangten! Es ist ihnen unmöglich, zu glauben, daß – außer dem Geist, der alle Dinge verwandelt – hienieden alles nur Illusion ist. Und daß jede nur auf Sinnlichkeit gegründete und so begriffene Leidenschaft sehr bald bitterer als der Tod für diejenigen wird, die sich ihr überlassen haben. Sehen Sie doch den Leuten auf der Straße ins Gesicht, dann werden Sie feststellen, ob ich zuviel behaupte. Und wir, künftig! Wenn dieser Augenblick herankäme! . . . Ich würde Ihren Blick haben, nicht aber Ihre Stimme. Ich könnte Ihr Lächeln wahrnehmen, nicht aber Ihre Worte erfassen! Und ich fühle es, daß Sie doch nicht wie alle anderen reden!

Ihre unverdorbene und schlichte Seele muß sich doch mit einer geradezu entschiedenen Lebhaftigkeit ausdrücken, nicht wahr? Alle Feinheiten Ihres Gefühls können sich also nur durch die Musik Ihrer Worte verraten! Ich würde wohl empfinden, daß Sie von meinem Anblick ganz und gar erfüllt sind, die Gestalt aber, die Sie meinem Wesen in Ihren Gedanken geben, die Art und Weise, wie Sie mich sehen, die man nur durch ein paar jeden Tag neu zu findende Worte ausdrücken kann – diese Gestalt ohne feste Umrisse, die mit Hilfe

eben dieser erhabenen Worte nur angedeutet bleibt und zum Lichte hinstrebt, um darin aufzugehen und in jenes Unendliche einzugehen, das wir in unserem Herzen tragen –, diese einzige Wirklichkeit schließlich werde ich niemals erleben können! Nein! Die unaussprechliche Musik, die in der Stimme eines Liebenden liegt, dieses Flüstern in kaum hörbaren Modulationen, das einen einhüllt und erbleichen läßt, ich wäre verurteilt, es nicht zu hören! Ach, der Mann, der auf die erste Seite einer erhabenen Sinfonie geschrieben hat: ›So klopft das Schicksal an die Pforte!‹, er hatte den Klang der Instrumente kennengelernt, ehe er das gleiche Leiden erdulden mußte wie ich!
Er erinnerte sich, wenn er etwas schrieb! Wie aber könnte ich mich der Stimme erinnern, mit der Sie mir eben zum ersten Male gesagt haben: ›Ich liebe dich!‹?«
Als der junge Mann diese Worte hörte, wurde er tieftraurig. Er spürte, wie ihn Grauen packte.
»Oh«, rief er aus, »Sie reißen ja in meinem Herzen Abgründe an Unglück und Zorn auf! Schon mit dem Fuß auf der Schwelle des Paradieses, muß ich mir nun selbst die Pforte aller Freuden verschließen! Sind Sie am Ende die Versuchung in Person? Mir will scheinen, als sähe ich in Ihren Augen irgendeine Genugtuung darüber leuchten, mich in Verzweiflung gestürzt zu haben.«
»Glaube mir, was mich angeht, ich werde dich nie vergessen!« antwortete sie. »Wie könnte man die Worte vergessen, die man geahnt, aber nie vernommen hat?«
»Ach, Mademoiselle, Sie vernichten mutwillig meine ganze junge Hoffnung, die ich in Ihnen zu Grabe trage! – Wenn du aber dort wärest, wo ich leben werde, würden wir die Zukunft gemeinsam besiegen. Wollen wir nicht etwas mehr Mut aufbringen, einander zu lieben? Gib nach und komm!«
Mit einer unerwarteten und weiblichen Bewegung preßte sie im Dunkel ihre Lippen einige Sekunden lang

sanft auf die seinen. Dann sagte sie mit einer gewissen Müdigkeit zu ihm:
»Mein Freund, ich sage Ihnen, es ist unmöglich. Es gibt Stunden der Schwermut, in denen Sie, durch mein Gebrechen gereizt, nach Gelegenheiten suchen würden, es noch stärker zu empfinden. Sie könnten nicht vergessen, daß ich Sie nicht höre. Und Sie könnten es mir auch nicht verzeihen, seien Sie dessen sicher. Sie würden sich beispielsweise unvermeidlich dazu hinreißen lassen, nicht mehr mit mir zu sprechen, Silben nicht mehr deutlich vor mir zu artikulieren. Nur Ihre Lippen würden mir noch sagen: ›Ich liebe dich‹, ohne daß die Schwingungen Ihrer Stimme die Stille unterbrächen. Sie würden dazu übergehen, mir alles aufzuschreiben, was am Ende qualvoll wäre. Nein, es ist unmöglich! Ich will mein Leben nicht um einer halben Liebe willen wegwerfen. Wenn auch noch Jungfrau, bin ich doch schon die Witwe eines Traumes und will unerfüllt weiterleben. Ich sage es Ihnen, ich kann Ihre Seele nicht gegen die meine eintauschen. Und dennoch wären Sie derjenige, dem es bestimmt gewesen wäre, mein ganzes Sein hinzunehmen! Aber gerade deshalb ist es meine Pflicht, Ihnen meinen Körper zu versagen. Ich führe ihn hinweg. Er ist mein Gefängnis. Würde ich doch bald von ihm befreit! Ich möchte Ihren Namen nicht wissen . . . Ich will ihn nicht lesen! Leben Sie wohl! – Leben Sie wohl!«
Einige Schritte entfernt, an der Ecke der Rue de Grammont, leuchtete ein Wagen auf. Félicien erkannte undeutlich den Lakaien aus dem Peristyl der Italienischen Oper; auf ein Zeichen der jungen Frau hin klappte ein Diener das Trittbrett der Kutsche herunter.
Sie ließ Féliciens Arm los, entschlüpfte wie ein Vogel und stieg in den Wagen. Im nächsten Augenblick war alles entschwunden.
Am folgenden Tag reiste Graf de la Vierge auf sein einsames Schloß Blanchelande zurück – und man hat nie wieder etwas von ihm gehört.

Er konnte sich wahrlich rühmen, gleich am Anfang einer aufrichtigen Frau begegnet zu sein, einer, die – ja, die den Mut zu einer eigenen Meinung hatte.

Der Wunsch,
ein Mensch zu sein

FÜR CATULLE MENDÈS

Einer der Männer,
vor denen die Natur aufstehen durfte
und der Welt verkünden:
›Dies war ein Mensch!‹

Shakespeare: ›Julius Cäsar‹

An der Börse schlug es, unter einem Himmel voller Sterne, Mitternacht. In jener Epoche lasteten noch die Forderungen eines Militärgesetzes auf den Stadtbewohnern, und den strengen Befehlen über den Feierabend zufolge beeilten sich die Kellner der noch erleuchteten Gaststätten mit dem Schließen.

Auf den Boulevards entschwanden im Innern der Cafés die Gasschmetterlinge auf den Armleuchtern sehr schnell einer nach dem anderen in der Dunkelheit. Von draußen vernahm man das Poltern der Stühle, die immer vier zugleich auf die Marmortische gestürzt wurden. Das war der psychologisch richtige Augenblick, in dem jeder Caféhauswirt es an der Zeit erachtet, den letzten Zechern mit einem eine Serviette schwenkenden Arm das kaudinische Joch der niedrigen Tür zu weisen.

An jenem Sonntag pfiff ein trauriger Oktoberwind. Nur wenige gelbe Blätter trieben staubig und raschelnd in den Windstößen dahin, streiften die Steine, schleiften auf dem Asphalt, verschwanden dann, gleich Fledermäusen, im Dunkel und erweckten so die Vorstellung von belanglosen, vertanen Tagen. Die Theater am Boulevard du Crime, in denen sich während des Abends alle Medicis, Salviatis und Montefeltros um die Wette untereinander erdolcht hatten, standen nun da, Zufluchtsorte der Stille, von ihren Karyatiden an den Eingängen stumm behütet. Wagen und Fußgänger wurden von Minute zu Minute seltener; hier und da leuchteten schon die zweifelhaften Laternen von Lumpensammlern auf und riefen auf

den Abfallhaufen, über die sie irrten, Phosphoreszenzen hervor.
In Höhe der Rue Hauteville stand unter einer Straßenlaterne an der Ecke eines recht luxuriös aussehenden Cafés ein großer Fußgänger mit finsterem Gesichtsausdruck, glattem Kinn, schlafwandlerischen Gesten und langem ergrauendem Haar unter einem Filzhut im Stile Ludwigs XIII.; er war in einen alten königsblauen, mit fragwürdigem Astrachanpelz besetzten Überrock gehüllt und stützte sich – schwarzbehandschuht – auf seinen Stock mit Elfenbeinknauf. Er war stehengeblieben und schien automatisch zu zögern, die Straße zu überqueren, die ihn vom Boulevard Bonne-Nouvelle trennte.
Wollte dieser verspätete Fußgänger in seine Wohnung zurückkehren? Oder war er rein zufällig bei einem nächtlichen Spaziergang an diese Straßenecke geraten? Es wäre schwierig gewesen, das bei seinem Anblick festzustellen. Jedenfalls machte er brüsk halt, als er plötzlich zu seiner Rechten einen Spiegel bemerkte, der schmal und lang war wie er selbst – von der Art öffentlicher, an der Wand befestigter Spiegel, wie sie manchmal neben den Schaufenstern größerer Wirtshäuser angebracht sind –, stellte sich frontal seinem Abbild gegenüber und betrachtete sich entschlossen von den Stiefeln bis zum Hut. Dann lüftete er ganz plötzlich mit einer Geste, die seine Vergangenheit ahnen ließ, seinen Filzhut und grüßte sich nicht ohne eine gewisse Artigkeit.
Der so unverhofft entblößte Kopf verriet den berühmten Tragöden Esprit Chaudval, geborenen Lepeinteur, Monanteuil genannt, den Nachkommen einer sehr würdigen Steuermannsfamilie aus Saint-Malo, den das geheimnisvolle Schicksal dazu ausersehen hatte, erster Provinzschauspieler, Aushängeschild im Ausland und – oft erfolgreicher – Rivale unseres Frédérick Lemaître zu werden.
Während er sich so mit einer Art Bestürzung betrach-

tete, halfen die Kellner der benachbarten Cafés den letzten Stammgästen in ihre Mäntel und nahmen für sie die Hüte von den Haken; andere schüttelten lärmend den Inhalt ihrer Nickelgeldbörsen aus und bauten das Kleingeld der Tageseinkünfte um sich auf einer Tischplatte auf. Diese Hast und Überstürzung rührte von der bedrohlichen Gegenwart zweier plötzlich aufgetauchter Schutzleute her, die mit gekreuzten Armen auf der Schwelle standen und den säumigen Wirt mit ihrem kalten Blick in Unruhe versetzten.
Alsbald wurden die Fensterladen in ihre Eisenrahmen eingehängt – mit Ausnahme des Ladens vor dem Spiegel, der durch ein seltsames Versehen mitten in der allgemeinen Hast ausgelassen wurde.
Dann war es auf dem Boulevard ganz still. Nur Chaudval, der von dem allgemeinen Aufbruch nichts wahrgenommen hatte, war, in Gedanken versunken, auf dem Bürgersteig vor dem vergessenen Spiegel an der Ecke der Rue Hauteville zurückgeblieben.
Dieser fahle und bleich schimmernde Spiegel schien in dem Künstler das gleiche Gefühl auszulösen, das er beim Baden in einem Teich gehabt hätte; Chaudval fröstelte.
Nun, sprechen wir es aus, vor diesem grausamen und düsteren Spiegel war dem Komödianten eben bewußt geworden, daß er alterte.
Er stellte fest, daß sein Haar, das gestern noch grau meliert war, bleichte; es war aus! Lebt wohl, Beifallsrufe und Kränze, lebt wohl, Rosen Thaliens, Lorbeer Melpomenes! Es hieß mit Händedrücken und Tränen auf immer Abschied nehmen von den Ellevious und Laruettes, von den festlichen Kostümen und großen Gesten, von den Dugazons und den Naiven!
Es hieß, in aller Eile aus dem Thespiskarren aussteigen und zusehen, wie er sich entfernte und die Kollegen mit hinwegführte! Und es hieß, dem Flittergold und den bunten Wimpeln nachblicken, die am Morgen in der

Sonne als Spielzeug des fröhlichen Windes in der Hoffnung auf die Räder flatterten, und sie an der fernen Biegung der Straße in der Dämmerung verschwinden sehen.
Chaudval, der sich jäh seiner fünfzig Jahre bewußt wurde – er war ein vortrefflich aussehender Mann –, seufzte. Vor seinen Augen zog ein Nebelschleier vorüber; eine Art winterliches Fieber packte ihn, und die Halluzination weitete seine Pupillen.
Die wilde Beharrlichkeit, mit der er den Spiegel der Vorsehung zu ergründen suchte, verlieh schließlich seinen Augen die Fähigkeit, die Dinge vergrößert zu sehen und sie mit Feierlichkeit zu umgeben, was Physiologen bei Personen festgestellt haben, die sich in sehr starker Erregung befinden.
Der hohe Spiegel verwandelte sich also vor seinen mit wirren und verschwommenen Vorstellungen belasteten Augen. Erinnerungen aus der Kindheit, an Strand und silbrige Flut, gingen ihm durch den Kopf. Und dieser Spiegel erweckte in ihm, sicherlich durch die Sterne, die seine Oberfläche tiefer erscheinen ließen, die Empfindung vom stehenden Wasser eines Golfes. Als dann die Tiefe des Spiegels unter den Seufzern des Greises noch zunahm, gewann er das Aussehen des Meeres und der Nacht, dieser beiden alten Freunde einsamer Herzen.
Chaudval berauschte sich einige Zeit an dieser Vision, doch die Straßenlaterne über seinem Kopf, die den staubfeinen, kalten Regen hinter ihm rötete, erschien ihm, vom Grund des schrecklichen Spiegels zurückgeworfen, wie das Licht eines blutroten Leuchtfeuers, das dem verirrten Schiff seiner Zukunft den Weg in den Untergang wies.
Er schüttelte diese Benommenheit von sich ab und richtete sich in einem Anfall von nervösem, unecht klingendem und bitterem Lachen, das die beiden Schutzleute unter den Bäumen zusammenfahren ließ, in ganzer Größe wieder auf. Zum Glück für den Künstler

setzten diese, die wahrscheinlich in ihm einen schwankenden Betrunkenen oder einen unglücklich Liebenden vermuteten, ihren Rundgang von Amts wegen fort, ohne dem unglückseligen Chaudval weiter Beachtung zu schenken.

»Gut denn, geben wir auf!« sagte er einfach und mit leiser Stimme, wie ein zum Tode Verurteilter, der, jäh geweckt, zum Henker sagt: »Ich stehe zu Ihrer Verfügung, mein Freund.«

Alsdann ließ sich der alte Komödiant in stumpfsinniger Erschöpfung in einen Monolog ein.

»Ich habe klug getan«, fuhr er fort, »daß ich neulich Mademoiselle Pinson, meine liebe Kollegin, die das Ohr des Ministers, ja sogar das, worauf er sein Ohr legt, hat, gebeten habe, mir zwischen zwei glühenden Liebeserklärungen zu der Stelle des Leuchtturmwärters zu verhelfen, die meine Vorfahren an der atlantischen Küste innehatten. Und siehe da, jetzt verstehe ich auch die merkwürdige Wirkung, die diese Straßenlaterne in dem Spiegel auf mich gehabt hat! Sie kam aus meinem Unterbewußtsein. Die Pinson wird mir meinen Bestallungsbrief zustellen, das ist gewiß. Und dann werde ich mich also in meinen Leuchtturm zurückziehen wie eine Maus in ihr Loch. Ich werde den Schiffen in der Ferne, auf dem Meer, leuchten. Ein Leuchtturm! Das hat doch immer etwas von Bühnendekoration an sich. Ich bin allein auf der Welt: Das ist die Zuflucht, die ohne Frage für meine alten Tage paßt.«

Plötzlich unterbrach Chaudval seine träumerischen Gedanken.

»Ach, richtig!« sagte er und tastete unter seinem weiten Überrock auf seiner Brust herum: »Dieser Brief, den mir der Postbote gerade, als ich wegging, aushändigte, ist womöglich die Antwort. – Wie denn! Ich wollte doch ins Café gehen, um ihn zu lesen, und vergesse ihn! Wahrhaftig, es geht abwärts mit mir! Gut, da ist er!«

Chaudval zog aus seiner Tasche einen großen Umschlag,

aus dem, als er ihn geöffnet hatte, ein ministerielles Schreiben zum Vorschein kam, das er fieberhaft entfaltete und im roten Licht der Laterne mit einem Blick überflog.

»Mein Leuchtturm! Meine Zulassung!« rief er aus. »Mein Gott, ich bin gerettet!« fügte er wie aus alter, mechanischer Gewohnheit und mit einer Fistelstimme hinzu, die sich von seiner sonstigen so unvermittelt unterschied, daß er sich umblickte, weil er an die Gegenwart eines Dritten glaubte.

»Na, na, nur Ruhe und . . . seien wir Mensch!« fuhr er bald darauf fort.

Bei dieser Rede jedoch blieb Esprit Chaudval, geborener Lepeinteur, Monanteuil genannt, wie zur Salzsäure erstarrt stehen; das letzte Wort schien ihn versteinert zu haben.

»Wie?« fragte er dann nach kurzem Schweigen. »Was habe ich da eben gewünscht? Ein ›Mensch‹ zu sein? Nun, warum auch nicht?«

Er verschränkte die Arme und dachte nach.

›Es wird nun fast ein halbes Jahrhundert, daß ich die Leidenschaften anderer darstelle und spiele, ohne sie jemals gefühlt zu haben, denn im Grunde genommen habe ich selbst niemals etwas empfunden. Ich bin also nur spaßeshalber das Abbild dieser ›anderen‹ – ich bin also nur ein Schatten? Leidenschaften! Gefühle! Wirkliche Taten! Wirkliche! Das ist es – das ist es, was den Menschen eigentlich ausmacht! Wenn mich also das Alter zwingt, mich dem Menschlichen zuzuwenden, muß ich mir Leidenschaften zulegen oder irgendwelche wirklichen Gefühle, denn das ist die Bedingung sine qua non, ohne die man den Ehrentitel ›Mensch‹ nicht beanspruchen kann. Das ist wirklich durchdacht; das ist voll von gesundem Menschenverstand. Suchen wir uns also eine Leidenschaft zum Versuch aus, die am ehesten meiner endlich wieder auferstandenen Natur entspricht.‹

Er hing seinen Gedanken nach und fuhr dann melancholisch fort:
»Die Liebe? . . . zu spät. Der Ruhm? . . . den habe ich kennengelernt! Der Ehrgeiz? . . . Überlassen wir dieses Hirngespinst den Staatsmännern!«
Plötzlich stieß er einen Schrei aus:
»Ich hab's!« sagte er, »Gewissensbisse! Das paßt zu meinem dramatischen Temperament.«
Er betrachtete sich im Spiegel, und dabei setzte er eine wie durch übermenschliches Grauen verkrampfte und verzerrte Miene auf.
»Richtig!« beschloß er: »Nero! Macbeth! Orest! Hamlet! Herostratus! – Die Gespenster! . . . Oh! Ja! Jetzt ist die Reihe an mir, wirkliche Gespenster zu sehen – wie alle diese Männer da, die das Glück hatten, keinen Schritt ohne Gespenster tun zu können.«
Er schlug sich vor die Stirn.
»Aber wie? Ich bin unschuldig wie das Lamm, das zögert, auf die Welt zu kommen.«
Und nach erneuter Pause fuhr er fort:
»Ach, das soll kein Hindernis sein! Der Zweck heiligt die Mittel! Ich habe wohl das Recht, um jeden Preis das zu werden, was ich eigentlich sein sollte. Ich habe ein Recht auf das Menschsein! Muß man nicht Verbrechen begangen haben, um Gewissensbisse zu empfinden? Nun, meinetwegen auch Verbrechen: Was macht das schon, wenn es aus . . . aus guten Beweggründen geschieht? Jawohl . . . Es sei!« Und er fing an, einen Dialog zu sprechen: »Ich will abscheuliche Verbrechen begehen.« – »Wann?« – »Sofort. Verschieben wir es nicht auf den nächsten Tag!« – »Welcher Art?« – »Ein einziges nur! . . . Aber ein gewaltiges, von ausgesuchter Grausamkeit! Und von der Art, alle Furien der Hölle zu entfesseln!« – »Und welches denn?« – »Bei Gott, eines, das größtes Aufsehen erregt . . . Bravo! Ich habe es! Brandstiftung! Mir bleibt also nur noch Zeit, einen Brand zu legen, meine Koffer zu packen, hinter der Scheibe

irgendeiner Droschke zusammengeduckt zurückzukommen, um inmitten der entsetzten Menge meinen Triumph zu genießen! Mir die Verwünschungen der Sterbenden tief einzuprägen – und dann, mit Gewissensbissen beladen, die für den Rest meiner Tage tief in mein Inneres eingegraben sind, den Nord-West-Zug zu besteigen. Dann will ich mich in meinem Leuchtturm verstecken! Im Licht! Mitten im freien Ozean! Wo mich, versteht sich, die Polizei niemals entdecken wird – da mein Verbrechen uneigennützig war. Und dort will ich einsam verröcheln.« Hier richtete sich Chaudval auf und sprach aus dem Stegreif diesen Vers, der ganz im Stile Corneilles war:
»›Geschützt vor dem Verdacht durch des Verbrechens Größe‹! So geschehe es . . . Und nun«, so schloß der große Künstler sein Gespräch und hob, nachdem er sich umgesehen hatte, um sich zu vergewissern, daß ihn völlige Einsamkeit umgab, einen Pflasterstein auf, »und nun sollst du niemanden mehr widerspiegeln.«
Und er schleuderte den Stein in den Spiegel, der in tausend blitzende Splitter zersprang.
Nachdem diese erste Aufgabe erfüllt war und Chaudval – durch diese erste, aber energische Gewalttat befriedigt – sich in aller Hast in Sicherheit gebracht hatte, eilte er auf die Boulevards zu, wo einige Minuten später auf sein Winken hin ein Wagen hielt, in den er hineinsprang und mit dem er verschwand.
Zwei Stunden danach spiegelten sich die Flammenzungen einer ungeheuren Feuersbrunst, die aus großen Vorratslagern von Petroleum, Ölen und Zündhölzern herausschlugen, in den Fensterscheiben des Faubourg du Temple. Bald eilten aus allen Richtungen Trupps von Feuerwehrleuten herbei, die ihre Pumpen zogen und schoben, und ihre Trompeten, die unheilverkündende Töne von sich gaben, schreckten die Einwohner dieses dichtbewohnten Viertels jäh aus dem Schlaf. Von den Trottoiren hallten zahllose überstürzte Schritte wider:

Die Menge drängte sich auf dem großen Platz am Château-d'Eau und in den benachbarten Straßen. Schon wurden in Eile Ketten gebildet. In weniger als einer Viertelstunde formierten abkommandierte Trupps um den Brand herum einen Kordon. Beim blutroten Schein der Fackeln hielten Polizisten den Menschenzustrom aus der Umgebung auf.
Die Wagen rollten nicht mehr, da sie eingekeilt waren. Alle fluchten und tobten. Durch das entsetzliche Prasseln des Feuers hindurch vernahm man ferne Schreie. Die von dieser Hölle erfaßten Opfer heulten, und die Dächer der Häuser stürzten über ihnen zusammen. Ach, mehr als hundert Familien, und zwar die der Handwerker aus den brennenden Werkstätten, wurden brot- und obdachlos.
Drüben hinter der zurückgedrängten Menge am Château-d'Eau hielt eine einsame Droschke, die mit zwei umfangreichen Koffern beladen war. Und in dieser Droschke befand sich Esprit Chaudval, geborener Lepeinteur, Monanteuil genannt, der von Zeit zu Zeit den Vorhang beiseite schob und sein Werk betrachtete.
»Oh«, sprach er leise zu sich, »wie ich fühle, daß ich Gott und den Menschen ein Greuel bin! Jawohl, das ist, das ist das Kennzeichen eines Verworfenen!«
Das Gesicht des guten alten Komödianten strahlte.
»Ach, ich Unglückseliger!« murmelte er. »Was für racheheischende, schlaflose Nächte werde ich inmitten der Schatten meiner Opfer durchzustehen haben! Ich fühle in mir die Seele eines Nero erstehen, der Rom aus überspannter künstlerischer Begeisterung in Brand steckte! Eines Herostratus, der aus Ruhmsucht den Tempel zu Ephesus niederbrannte! Eines Rostoptschin, der aus Vaterlandsliebe Moskau anzündete! Eines Alexander, der aus Galanterie gegenüber seiner unsterblichen Thaïs Persepolis in Flammen aufgehen ließ! Ich selbst lege aus Pflicht Feuer an, da ich kein anderes Mittel habe, zu existieren! Ich bin Brandstifter, weil

ich es mir selbst schuldig bin! Ich entledige mich dieser Schuld! Was für ein ›Mensch‹ werde ich sein! Wie werde ich leben! Ja, ich werde endlich wissen, was man empfindet, wenn man gepeinigt wird. Was für köstliche Nächte voll herrlichen Grauens werde ich verbringen! – Ach, ich atme auf! Ich werde neu geboren! Ich existiere! – Wenn ich daran denke, daß ich Schauspieler gewesen bin! Jetzt, wo ich in den oberflächlichen Augen der Menschen nur noch Beute fürs Schafott bin, will ich mit Blitzeseile entfliehen. Eilen wir, uns in unseren Leuchtturm einzuschließen, um uns dort in aller Ruhe dem Genuß unserer Gewissensbisse hinzugeben!«

Am übernächsten Abend nahm Chaudval, der unbehindert an seinem Ziel angekommen war, Besitz von seinem an unserer nördlichen Küste gelegenen alten, öden Leuchtturm, einem nicht mehr benutzten Feuer auf einem verwüsteten Bauwerk, das ministerielles Mitgefühl für ihn hatte aufleben lassen.

Das Signal konnte zwar kaum von irgendwelchem Nutzen sein: Es handelte sich um etwas völlig Überflüssiges, eine Sinekure, eine Unterkunft mit einem Feuer über dem Kopf, das alle Welt, außer allein Chaudval, entbehren konnte.

So schloß sich also der würdige Tragöde, nachdem er seine Liegestatt, Nahrungsmittel und einen großen Spiegel zum Studium seines Gesichtsausdrucks hingebracht hatte, dort ein und war vor allem menschlichen Verdacht sicher.

Um ihn herum klagte das Meer, in dem die uralte Unermeßlichkeit des Himmels ihr Sternenlicht badete. Er sah, wie die Fluten beim plötzlichen Umspringen des Windes seinen Turm angriffen, dem Säulenheiligen gleich, der, wenn der Shimiel wehte, sehen konnte, wie der Sand sich gegen seine Säule ergoß.

Er folgte mit gedankenlosem Blick dem Rauch der Schiffe in der Ferne oder den Segeln der Fischerboote.

Immer wieder vergaß dieser Träumer seine Brandstiftung. Er stieg die Steintreppe hinauf und herab.
Am Abend des dritten Tages las Lepeinteur – so wollen wir ihn nennen –, als er in seinem mehr als sechzig Fuß hoch über den Fluten liegenden Zimmer saß, abermals in einer Pariser Zeitung, in der die Geschichte der großen Feuersbrunst geschildert wurde, die am Vorabend ausgebrochen war.
Es hieß, ein unbekannter Übeltäter habe einige Zündhölzer in die Petroleumkeller geworfen. Ein riesiger Brand sei im Faubourg du Temple ausgebrochen und habe die Feuerwehrleute und die Bevölkerung die ganze Nacht auf den Beinen gehalten.
Ungefähr hundert Opfer seien zu beklagen. Unglückliche Familien seien ins schwärzeste Elend gestürzt worden.
Die ganze Stätte sei wie in Trauer gehüllt und rauche noch immer.
Man kenne den Namen des Frevlers, der diese Missetat begangen habe, nicht, und vor allem nicht den Beweggrund zu diesem Verbrechen.
Bei dieser Lektüre sprang Chaudval vor Freude auf und rief, sich fieberhaft die Hände reibend:
»Welch ein Erfolg! Was für ein vortrefflicher Bösewicht bin ich doch! Werde ich wohl nun gehörig heimgesucht werden? Was für Gespenster ich nun zu sehen bekommen werde! Ich wußte doch, daß ich ein ›Mensch‹ werden würde! Ach, ich gebe zu, das Mittel dazu war hart! Doch mußte es sein! Es mußte sein!«
Als er das Pariser Blatt weiterlas und darin erwähnt fand, daß zugunsten der vom Brand Betroffenen eine Sondervorstellung stattfinden sollte, sprach Chaudval leise vor sich hin:
»Sieh da! Ich hätte mein Talent zugunsten meiner Opfer zur Verfügung stellen sollen! Das wäre dann mein Abschiedsabend gewesen. Ich hätte den Orest gesprochen. Ich hätte ganz echt gewirkt . . .«

Dann fing Chaudval an, sich in seinem Leuchtturm einzuleben.
Und die Abende brachen herein, einer dem anderen folgend, ebenso wie die Nächte.
Etwas jedoch geschah, was den Künstler verblüffte. Etwas Entsetzliches!
Entgegen seinen Hoffnungen und Erwartungen spürte er keine Gewissensbisse. Auch zeigte sich kein Gespenst! Er empfand nichts, aber auch gar nichts!
Er traute dieser Stille nicht. Er kam davon nicht los. Bisweilen, wenn er sich im Spiegel betrachtete, bemerkte er, daß sich sein gutmütiger Kopf überhaupt nicht verändert hatte. Wütend stieg er dann zu den Lichtsignalen hinauf und stellte sie falsch ein, in der strahlenden Hoffnung, daß er in der Ferne irgendein Schiff zum Kentern bringen könne, um so den widerspenstigen Gewissensbissen aufzuhelfen, sie zu beleben und aufzustacheln, und die Gespenster zu zwingen, endlich zu erscheinen.
Verlorene Mühe!
Fruchtlose Anschläge! Vergebliche Anstrengungen! Er empfand nichts! Er sah kein einziges drohendes Phantom. Er schlief nicht mehr, Verzweiflung und Scham peinigten ihn. So daß er eines Nachts, als ihn in seiner lichtvollen Einsamkeit ein Gehirnschlag ereilte und er im Todeskampf lag, im Getöse des Ozeans und während die heftigen Winde vom offenen Meer her seinen im Unendlichen verlorenen Turm umbrausten, schrie:
»Gespenster! Bei der Liebe Gottes . . . wenn ich doch nur ein einziges Gespenst sähe! – Ich habe es doch wohl verdient!«
Aber Gott, den er beschwor, gewährte ihm diese Gnade nicht, und der alte Histrione hauchte sein Leben aus, immerzu mit vergeblicher Eindringlichkeit seinen einzigen Wunsch deklamierend, Gespenster sehen zu wollen . . . ohne zu begreifen, daß er selbst das war, was er suchte.

Die Räuber

FÜR HENRI ROUJON

Was ist der dritte Stand? Nichts.
Was soll er sein? Alles.

Sully, danach Sieyès

Pibrac und Nayrac, zwei verschwisterte Unterpräfekturen, die durch einen unter der Herrschaft derer von Orleans eröffneten Feldweg eng miteinander verbunden waren, sangen unter einem strahlenden Himmel ihr Liedchen über Sitten, Geschäfte und Ansichten in schönster Harmonie.

Wie anderswo auch zeichnete sich ihre Stadtverwaltung durch Leidenschaften aus; – wie überall wußte sich die Bürgerschaft die allgemeine und die eigene Achtung zu erwerben. Alle lebten sie also in diesen vom Glück begünstigten Ortschaften friedlich und fröhlich dahin, als es sich eines Oktoberabends begab, daß der alte Fiedelmann aus Nayrac, weil er wieder einmal knapp bei Kasse war, auf der Landstraße den Kirchendiener aus Pibrac anhielt und, die Dunkelheit nutzend, in einem sehr nachdrücklichen Ton um etwas Kleingeld anging.

Der Herr über die Kirchenglocken gab, ohne den alten Fiedler erkannt zu haben, in seinem Schrecken das geforderte Opfer; als er aber wieder in Pibrac war, erzählte er sein Erlebnis so, daß in der durch seine Schilderung erhitzten Phantasie der Zuhörer aus dem armen alten Fiedelmann aus Nayrac eine Bande abgebrannter Räuber wurde, die nun den ganzen Süden heimsuchte und mit ihren Mordtaten, Brandstiftungen und Erpressungsmanövern die Landstraße unsicher machte.

Scharfsinnig, wie die Bürger der beiden Städtchen waren, hatten sie diese Gerüchte noch unterstützt, denn bekanntlich ist jeder, der etwas besitzt, geneigt, die Mißgriffe derer noch zu übertreiben, die ihm nach dem

Geld trachten. Nicht etwa, daß sie leichtgläubig gewesen wären! Sie waren der Sache auf den Grund gegangen. Sie hatten den Kirchendiener ausgefragt, nachdem er getrunken hatte. Der Kirchendiener hatte sich widersprochen – und nun wußten sie besser als er den eigentlichen Sachverhalt! Unsere würdigen Bürgersleute machten sich jedoch über die Leichtgläubigkeit der Massen lustig und bewahrten das Geheimnis für sich, wie sie eben alles zu behalten pflegen, was sie einmal haben: ein Geiz, der übrigens das Kennzeichen vernünftiger und aufgeklärter Leute ist.
Um die Mitte des darauffolgenden Novembers, als es vom Glockenturm des Friedensgerichts in Nayrac die zehnte Nachtstunde schlug, ging jeder mit verwegenerer Miene als sonst heim, den Hut – meiner Treu! – schief auf dem Ohr, so daß die Gattin daheim ihm an den Backenbart sprang und ihn einen ›tapferen Krieger‹ hieß, was beide Herzen sanft kitzelte.
»Weißt du, meine Liebe, morgen in aller Herrgottsfrühe muß ich fort.«
»Ach, du mein Gott!«
»Es ist Zeit, die Gelder müssen eingetrieben werden. Ich muß höchstpersönlich zu unseren Pächtern gehen.«
»Du gehst auf keinen Fall.«
»Ja, warum denn nicht?«
»Die Räuber . . .«
»Bah! . . . Da bin ich schon ganz anderen Leuten begegnet!«
›Du gehst auf keinen Fall!‹ war das letzte Wort jeder Ehefrau, ganz so, wie es sich unter Menschen gehört, die sich verstehen.
»Beruhige dich, mein Kind, beruhige dich . . . Daß du dich ängstigen wirst, haben wir uns schon gedacht, und um dich zu beruhigen, haben wir beschlossen, gemeinsam und mit unseren Jagdgewehren bewaffnet in einem extra für diesen Zweck gemieteten Wagen auszuziehen. Unsere Ländereien liegen beieinander, und am Abend

kommen wir wieder heim. Deshalb also wisch dir die Tränen ab, rufe jetzt Morpheus herbei und gestatte, daß ich friedlich die beiden Zipfel meiner Nachtmütze über meiner Stirn verknote.«
»Ja, wenn es so ist, daß ihr alle zusammen losfahrt, in Gottes Namen: dann mußt du wie die anderen handeln«, flüsterte jede Ehefrau, mit einem Male beruhigt.
Die Nacht war von besonderer Art. Die Bürger träumten von Angriffen, Blutvergießen, Zusammenprall, Turnieren und Lorbeerkränzen. Und demzufolge erwachten sie frisch und munter, als die Sonne bereits strahlte.
»Auf, auf!« murmelte jeder von ihnen und fuhr mit einer Unbekümmertheit ausdrücklicher Bewegung, und so, daß die Gattin es auch hören konnte, was er sagte, in die Strümpfe. »Auf, auf! Der Augenblick ist da. Man stirbt nur einmal!«
Die Damen betrachteten diese modernen Ritter voller Bewunderung und stopften ihnen in Anbetracht des Herbstes die Taschen voll Hustenbonbons. Die Ritter aber überhörten das Schluchzen und rissen sich aus den Armen, die vergeblich versuchten, sie zurückzuhalten . . .
»Einen letzten Kuß!« sagte jeder von ihnen, schon auf dem Treppenabsatz.
Und da strömten sie auch schon, aus den einzelnen Straßen kommend, auf dem Marktplatz zusammen, wo einige aus ihrer Schar (die Junggesellen) bereits am Wagen warteten, in den Strahlen der Morgensonne die Zündpfannen an ihren Jagdgewehren blitzen ließen und stirnrunzelnd neue Lunte einlegten.
Es schlug sechs: der Wagen mit den Sitzbänken setzte sich unter den männlichen Klängen der Parisienne in Bewegung, die von den ihn füllenden vierzehn Grundbesitzern angestimmt wurde. Während aus den Fenstern in der Ferne fiebernde Hände heftig Taschentücher schwenkten, hörte man den Heldengesang:

»Heute gilt es nicht zu schonen
unsres Feindes Feldkanonen!
Entgegen werft euch ihm und seinen
Bataillonen!«

Dann brüllten sie, den rechten Arm in die Luft reckend:

»Dem Sieg ziehn wir entgegen!«

Das Ganze wurde im Takt von den ausgiebigen Peitschenschlägen unterstrichen, mit denen der Rentner, der den Kutscher machte, aus Leibeskräften auf die drei Pferde einschlug.

Der Tag ließ sich gut an.

Bürger sind fröhliche Menschen und kulant in Geschäftsdingen. Wenn es aber um die Ehrlichkeit geht, hoppla! da lassen sie nicht mit sich reden, und wenn ein Kind an den Galgen gebracht würde, weil es einen Apfel gestohlen hat.

Jeder aß also bei seinem Pächter zu Mittag, kniff die Tochter beim Nachtisch in die Wange, steckte den Beutel mit dem Pachtzins ein, und dann, nachdem er mit der Familie ein paar tiefgefühlte Sprüche wie: ›Gute Konten erhalten die Freundschaft‹ oder ›Wie du mir, so ich dir‹ oder ›Bete und arbeite!‹ oder ›Handwerk hat goldenen Boden‹ oder ›Wer seine Schulden bezahlt, wird reich‹ und was es sonst noch an gängigen Redensarten gibt, ausgetauscht und sich den üblichen Segenswünschen entzogen hatte, nahm jeder Grundbesitzer wieder in dem für den Transport bestimmten Wagen Platz, der von Hof zu Hof fuhr und alle wieder einsammelte – und als die Dämmerung hereinsank, begann die Rückfahrt nach Nayrac.

Auf ihre Seelen hatte sich aber ein Schatten herabgesenkt! Gewisse Berichte der Bauern hatten nämlich unseren Grundbesitzern zu verstehen gegeben, daß der Fiedelmann Schule gemacht hatte. Sein Beispiel hatte sich als ansteckend erwiesen. Der alte Gauner war, so schien es, durch eine ganze Horde wirklicher Diebe verstärkt worden, und, vor allem zur Zeit des Pachtein-

ziehens, war die Straße in keiner Weise mehr sicher. Und folglich setzten unsere Helden trotz der freilich bald verflogenen Wirkung des Weines der Parisienne jetzt einen Dämpfer auf.
Die Nacht sank herein. Die Pappeln warfen immer längere Schatten auf die Landstraße, der Wind bewegte die Hecken. Inmitten der tausendfältigen Geräusche der Natur vernahm man aus der Ferne zwischen dem regelmäßigen Trab der drei Mecklenburger wie ein böses Vorzeichen das Geheul eines verirrten Hundes. Die Fledermäuse umflatterten unsere blaß gewordenen, vom ersten Mondstrahl traurig beleuchteten Reisenden ... Brr! ... Krampfhaft zitternd, preßte man jetzt die Gewehre zwischen die Knie; von Zeit zu Zeit versicherte man sich, ob man den Geldbeutel auch noch richtig bei sich hatte. Keiner ließ ein Wort fallen. Welch eine Qual für die ehrbaren Leute!
Da plötzlich, wo sich die Straße gabelt, – o Graus! – tauchten furchterregende verzerrte Gesichter auf; Flinten funkelten; Pferdegetrappel wurde hörbar, und ein schreckliches ›Wer da?‹ dröhnte durch das Dunkel; denn just in diesem Augenblick verschwand der Mond zwischen zwei schwarzen Wolken.
Ein großes Gefährt voller bewaffneter Männer versperrte die Landstraße.
Wer waren diese Kerle? – Offensichtlich Bösewichte! Räuber! Ganz offensichtlich.
Ach nein! Es war der entsprechende Trupp wackerer Bürger aus Pibrac. Es waren die Herren aus Pibrac – und diese hatten haargenau denselben Einfall gehabt wie die aus Nayrac.
Nach ihren Geschäften begegneten sich ganz einfach die friedlichen Rentiers der beiden Städte bei der Heimfahrt auf der Landstraße.
Mit bleichen Gesichtern schauten sie einander an. Bei dem heftigen Schrecken, den sie sich gegenseitig verursachten, und angesichts der fixen Idee, die in ihren

Köpfen waltete, und die auf all den gutmütigen Gesichtern die wahren Instinkte hervorgekehrt hatte – geradeso wie ein aufkommender Wind, wenn er über einen See hinstreicht, einen Wirbel bildet und an die Oberfläche bringt, was auf dem Grunde lagert –, war es ganz natürlich, daß sie sich wechselseitig für ebendie Räuber hielten, die beide Teile fürchteten.
Es dauerte nicht länger als einen Augenblick, daß ihr Geraune sie in der Dunkelheit so verrückt machte, daß in der angstvollen Hast, mit der, um sich Haltung zu geben, die aus Pibrac ihre Gewehre packten, und weil sich das Schloß eines der Gewehre an der Sitzbank verhakt hatte, ein Schuß losging, der einen aus Nayrac traf und ihm auf der Brust eine Terrine mit vorzüglicher Leberpastete zertrümmerte, deren er sich als Schild bedient hatte.
Ach! dieser Schuß! Er war der verhängnisvolle Funke, der das Pulverfaß explodieren ließ. Das Übermaß an Erregung, von der sie besessen waren, brachte sie zum Rasen. Es begann eine lang anhaltende, wilde Schießerei. Der Trieb, sich Leben und Geld zu erhalten, machte sie blind. Rasch und mit zitternder Hand steckten sie Kartuschen in ihre Gewehre und schossen in den Haufen hinein. Die Pferde fielen hin; einer der Wagen mit den Sitzen stürzte um und spie aufs Geratewohl Verwundete und Geldbeutel aus. Die Verwundeten, vom Schreck ganz verwirrt, sprangen wieder auf wie die Löwen und schossen von neuem aufeinander los, ohne sich im Pulverrauch überhaupt erkennen zu können! – Wären in dieser Nacht bei diesem wilden Wahnwitz Gendarmen hinzugekommen, so hätten sie zweifellos ihren Diensteifer mit dem Leben bezahlt. Kurzum, es war eine Massenvernichtung, denn die Verzweiflung hatte ihnen eine geradezu mörderische Kraft verliehen: die Kraft nämlich, die, mit einem Wort gesagt, für die Klasse der ehrbaren Leute kennzeichnend ist, wenn man sie zum Äußersten treibt!

Unterdessen zitterten die wahren Räuber (das heißt, das halbe Dutzend armer Teufel, die sich höchstens schuldig gemacht hatten, weil sie hier und da einmal ein paar Brotrinden, ein paar Scheibchen Speck oder ein paar Sous gestohlen hatten) vor Schrecken in einer entfernt liegenden Höhle, als sie den durch den Wind von der Landstraße herübergetragenen, immer mehr anschwellenden, schrecklichen Lärm der Schüsse und die fürchterlichen Schreie der Bürgersleute hörten.
Erschrocken, wie sie waren, meinten sie tatsächlich, es werde eine riesige Treibjagd nach ihnen veranstaltet, und so hatten sie ihr unschuldiges Kartenspiel bei einer Kanne Wein unterbrochen, waren, bleich im Gesicht, von ihren Sitzen aufgestanden und hatten auf ihren Hauptmann gesehen. Der alte Fiedelmann erweckte den Anschein, als würde ihm übel. Seine langen Beine schlotterten. Wenn man den braven Mann unverhofft ansprach, war er immer ganz verdutzt. Was er da hörte, überstieg sein Fassungsvermögen.
Nach einigen Minuten des Verwirrtseins aber, da die Schießerei fortdauerte, sahen die guten Räuber, wie er plötzlich zusammenzuckte und seinen Finger nachdenklich an die Nasenspitze legte.
Den Kopf hebend, sagte er: »Kinder, es ist ausgeschlossen! Es handelt sich nicht um uns . . . Da liegt ein Mißverständnis vor . . . Eine Verwechslung . . . Laufen wir mit unseren Diebslaternen hin und bringen wir den armen Verwundeten Hilfe . . . Der Lärm kommt von der Landstraße her.«
Und so langten sie, das Dickicht beiseite schiebend, unter tausend Vorsichtsmaßregeln an der Unglücksstelle an, deren Grauen jetzt der Mond hell beschien.
Der letzte überlebende Bürger hatte sich in der Hast, seine noch heiße Waffe erneut zu laden, eben in den Kopf geschossen, ohne es zu wollen, ganz aus Unachtsamkeit.
Beim Anblick dieses furchtbaren Schauspiels, all dieser

Toten, die da die blutüberströmte Landstraße bedeckten, standen die Räuber bestürzt, sprachlos und starr da und trauten ihren Augen nicht. Allmählich aber zog ein dunkles Verstehen des Ereignisses in ihren Hirnen ein.

Plötzlich pfiff der Hauptmann, auf ein Zeichen hin bildeten die Laternen einen Kreis um den alten Fiedelmann. »O meine lieben Freunde«, murmelte er mit schauerlich leiser Stimme, und seine Zähne schlugen in einer Angst aufeinander, die noch schrecklicher zu sein schien als die von vorher, »o meine Freunde! Laßt uns schnell das Geld dieser würdigen Bürger auflesen! Und dann rasch zur Grenze! Fliehen wir, so schnell uns die Beine tragen! Und nie wollen wir wieder einen Fuß in dieses Land setzen!«

Und da ihn seine Spießgesellen mit offenen Mündern und im Kopf völlig verwirrt ansahen, deutete er mit dem Finger auf die Leichen und setzte erschauernd die folgenden absurden, aber elektrisierenden Worte hinzu, die sicherlich aus einer gründlichen Erfahrung, einer ewigen Einsicht in die Lebensfähigkeit und in die Ehre des dritten Standes kamen:

»Nun werden sie beweisen, daß wir es waren . . .«

Das schönste Gastmahl der Welt

Ein Streich des Kommandeurs!
Ein Jarnacstreich!
Altes Sprichwort

Xanthus, der Lehrer Äsops, erklärte auf eine Anregung des Fabeldichters hin, daß er, auch wenn er gewettet habe, er tränke das Meer aus, doch keinesfalls die Wette eingegangen sei, die Flüsse auszutrinken, die ›in dasselbe münden‹, um mich des liebenswürdigen Ausdrucks unserer akademischen Übersetzer zu bedienen.
Gewiß war eine solche Ausflucht sehr geschickt, doch wüßten wir heute mit Hilfe des geistigen Fortschritts nicht gleichwertige, zumindest ebenso gewitzte zu finden? Zum Beispiel:
»Nehmen Sie vorher die Fische heraus, die in der Wette nicht inbegriffen sind; filtern Sie! Wenn der Abzug der Fische bewerkstelligt ist, geht die Sache von selbst.«
Oder, noch besser:
»Ich habe gewettet, daß ich das Meer austrinken werde. Nun gut, doch nicht auf einen Zug! Der Weise darf niemals überstürzt handeln, deshalb trinke ich langsam. Das hieße also ganz einfach einen Tropfen pro Jahr. Nicht wahr?«
Kurzum, es gibt wenig Versprechen, die man nicht auf diese oder jene Art halten könnte, und diese Art könnte man philosophisch nennen.
»Das schönste Gastmahl der Welt!«
So lautete die Redewendung, deren sich Maître Percenoix, der Schutzengel der Erbzinsgüter, ausdrücklich bediente, um die Honoratioren der kleinen Stadt D***, in der seine Praxis seit dreißig Jahren und mehr blühte, über das Mahl, das er zu geben beabsichtigte, richtig ins Bild zu setzen.
Jawohl. Im Klub hatte er diese Worte ausgesprochen – mit dem Rücken zum Feuer, die Schöße seines Rockes unterm Arm, die Hände in den Taschen, die Schultern gestrafft und zurückgenommen, die Augen zum Him-

mel erhoben, die Brauen hochgezogen, die goldgefaßte Brille auf der gefalteten Stirn, das Barett nach hinten geschoben, das rechte Bein über das linke geschlagen und mit der Spitze seines Lackschuhs den Boden kaum berührend.
Sorgfältig wurden sie im Gedächtnis seines alten Rivalen, Maître Lecasteliers, bewahrt, des Schutzengels der Paraphernalgüter, der, von einem großen grünen Lampenschirm verdeckt, Maître Percenoix gegenübersaß und ihn mit giftigem Blick ansah.
Zwischen diesen beiden Kollegen gab es seit undenklichen Zeiten einen heimlichen Krieg. Das Mahl wurde zu einem von Maître Percenoix gründlich durchdachten Schlachtfeld und war von ihm angeboten worden, um die Fehde zu beenden. Daher erwiderte Maître Lecastelier, der seinem stahlfahlen Dolchmessergesicht ein Lächeln abzwang, im Augenblick nichts. Er fühlte sich angegriffen. Er war der Ältere und ließ deshalb Percenoix, den Jüngeren, reden und sich in etwas verwickeln, wie das ein kleines närrisches Mädchen tut. Selbstbewußt – aber vorsichtig! – wollte er sich, bevor er die Kampfansage annahm, peinlich genaue Rechenschaft über Position und Stärke des Feindes geben.
Vom nächsten Tag an war die kleine Stadt D*** in Aufregung. Man fragte sich, wie wohl die Speisenfolge des Mahles aussehen würde.
Der Obersteuereinnehmer erging sich, lange vergessener Saucen eingedenk, in Vermutungen. Der Unterpräfekt prophezeite ausgesuchteste Phönixstücke, auf der Asche der Tiere serviert; sagenhafte Vögel flatterten durch seine Träume. Er zitierte Apicius.
Im Stadtrat nahm man sich den Petronius vor und las ihn kritisch. Die Honoratioren meinten, ›man müsse abwarten‹, und beschwichtigten die allgemeine Aufregung etwas. Alle Eingeladenen tranken auf den Rat des Unterpräfekten hin schon acht Tage zuvor bittere Magenschnäpse.

Endlich war der große Tag da.
Das Haus von Maître Percenoix lag in der Nähe der Promenade, einen Flintenschuß weit von dem seines Rivalen entfernt.
Von vier Uhr nachmittags an hatte sich vor der Tür ein zweireihiges Spalier gebildet, denn man wollte die Gäste kommen sehen. Schlag sechs Uhr wurden sie angekündigt.
Auf der Promenade hatten sie sich wie durch Zufall getroffen, und nun langten sie gleichzeitig an.
Zunächst war da der Unterpräfekt, der Madame Lecastelier am Arm führte, dann der Obersteuereinnehmer und der Postdirektor, danach kamen drei Persönlichkeiten von hohem Einfluß, darauf der Arzt, der dem Bankier den Arm bot, sodann eine Berühmtheit, der Mann, der die Reblaus nach Frankreich gebracht hatte, weiter der Direktor des Gymnasiums und ein paar Grundbesitzer. Maître Lecastelier beschloß den Zug. Von Zeit zu Zeit nahm er mit nachdenklicher Miene eine Prise.
Diese Herren waren im Frack mit weißer Binde und hatten eine Blume in ihrem Knopfloch; die magere Madame Lecastelier trug ein Seidenkleid von mausgrauer Farbe, das etwas hoch geschlossen war.
Nachdem die Gäste vor dem Portal angekommen waren, wandten sie sich beim Anblick der im Feuer des Sonnenuntergangs funkelnden Notarwappen nach dem zauberhaften Horizont um: in der Ferne leuchteten die Bäume, in den benachbarten Obstgärten waren die Vögel noch leise zu hören.
»Welch erhabenes Schauspiel!« rief der Herr, der die Reblaus eingeführt hatte, aus und umfaßte den westlichen Himmel mit seinem Blick.
Diese Meinung wurde von allen Gästen geteilt, die einen Augenblick lang die Schönheiten der Natur in sich einsaugten, als wollten sie das Gastmahl damit vergolden.
Dann trat man ein. Jeder verhielt im Vestibül würdevoll den Schritt.

Endlich öffneten sich die Flügeltüren des Speisezimmers. Percenoix, der Witwer war, stand allein darin, leutselig lächelnd. Mit ebenso bescheidener wie sieghafter Miene machte er die kreisförmige Geste, die zum Platznehmen einlud. Kleine Karten mit den Namen der Gäste steckten wie Federbüsche auf den mitraförmig gefalteten Servietten. Madame Lecastelier zählte mit den Augen die Gäste, in der Hoffnung, daß sie bei Tisch dreizehn wären; es waren jedoch siebzehn. Nachdem diese Präliminarien beendet waren, begann das Mahl, bei dem es anfangs still zuging; man fühlte, daß die Gäste sich sammelten und, wie man zu sagen pflegt, Anlauf nahmen.
Der Raum war hoch, angenehm, gut beleuchtet, und alles war schön gedeckt. Das Diner war einfach: zwei Suppen, drei Vorspeisen, drei Braten, drei Zwischengerichte, tadellose Weine, ein halbes Dutzend verschiedene Platten und schließlich Nachtisch. Aber alles war auserlesen.
Und zwar so, daß das Diner, wenn man es recht bedachte, hinsichtlich der Gäste und ihrer Eigenart für sie wahrhaftig ›das schönste Gastmahl der Welt‹ war. Etwas anderes wäre Verstiegenheit und Prahlerei gewesen und hätte Anstoß erregt. Ja, ein anderes Diner wäre vielleicht als stellanische Komödie gewertet worden, hätte den Eindruck von Unschicklichkeit oder gar den einer Orgie erweckt, und Madame Lecastelier hätte sich dann womöglich vom Tisch erhoben. Ist denn nicht dasjenige Gastmahl das schönste der Welt, das zur vollen Befriedigung des Geschmacks der Gäste gereicht?
Percenoix triumphierte. Ein jeder beglückwünschte ihn aufs wärmste.
Plötzlich, nachdem der Kaffee schon eingenommen war, erhob sich Maître Lecastelier, den alle anblickten und aufrichtig bedauerten, kalt und streng und sprach langsam – es herrschte Totenstille – die folgenden Worte:

»Ich werde nächstes Jahr eins geben, das noch viel schöner sein wird.«
Dann ging er, ringsum grüßend, mit seiner Frau hinaus. Maître Percenoix hatte sich erhoben. Er beruhigte durch seine würdige Haltung die nicht zu beschreibende Unruhe seiner Gäste und das lärmende Durcheinander, das nach dem Aufbruch der Lecasteliers entstanden war. Von allen Seiten kamen die Fragen:
»Wie will er es denn anstellen, um nächstes Jahr ein schöneres zu geben, wo doch das von Maître Percenoix das schönste Gastmahl der Welt war?«
»Absurdes Vorhaben!«
»Höchst zweifelhaft!«
»Nicht auszudrücken!«
»Noch nicht dagewesen . . .«
»Lächerlich!«
»Kindisch . . .«
»Eines Mannes von Verstand unwürdig!«
»Die Leidenschaft hat ihn hingerissen; vielleicht liegt es am Alter!«
Es wurde viel gelacht. Der Mann, der die Reblaus eingeführt hatte und der während des Festes Madame Lecastelier Komplimente machte, erging sich in Spottreden:
»Nana! Wirklich? Ein schöneres? – Und wie denn? Ja, wie denn das? Es war ja eine der erfreulichsten Sachen!«
Er war unerschöpflich. Maître Percenoix hielt sich den Bauch.
Dieser Vorfall gab dem Bankett einen fröhlichen Abschluß. Die Gäste hoben ihren Amphitryon in den Himmel und stürzten Arm in Arm in buntem Wirbel aus dem Hause, von den Laternen ihrer Dienstboten geleitet. Sie konnten sich wegen des abgeschmackten, ja geradezu anmaßenden und völlig indiskutablen Einfalls, ›ein schöneres Gastmahl als das schönste Gastmahl der Welt‹ geben zu wollen, vor Lachen nicht fassen.

So schritten sie, angeregt und heiter, durch das Spalier, das sie an der Tür erwartet hatte, um Neuigkeiten zu erfahren.
Danach ging jeder nach Hause.
Maître Lecastelier bekam eine entsetzliche Magenverstimmung. Man fürchtete für sein Leben. Und Percenoix, der ›den Tod des Sünders nicht wollte‹ und der überdies hoffte, sich im folgenden Jahre an dem Fiasko weiden zu können, das sein Kollege unfehlbar erleiden mußte, ließ sich täglich den Bericht über das Befinden des ehrenwerten Provinznotars bringen. Dieser Bericht war im Departementsblatt abgedruckt, denn alle Welt interessierte sich für die unvorsichtige Wette. Man sprach von nichts anderem als von dem Gastmahl. Die Gäste unterhielten sich bei Begegnungen nur noch in leisem Ton miteinander. Es war ernst, sehr ernst; die Ehre des Ortes stand auf dem Spiel.
Während des ganzen Jahres entzog sich Maître Lecastelier allen Fragen. Acht Tage vor dem Jahrestag wurden seine Einladungen verschickt. Zwei Stunden nach der morgendlichen Runde des Briefträgers bemächtigte sich der Stadt eine ungewöhnliche Aufregung. Der Unterpräfekt hielt es aus Gerechtigkeitssinn sogleich für seine Pflicht, abermals an die Magenbitterrunde zu erinnern.
Als der Abend des großen Tages herankam, gab es ein allgemeines Herzklopfen. Ganz wie im vergangenen Jahr trafen die Gäste einander zufällig auf der Promenade. Die Vorhut wurde schon bei ihrem Auftauchen am Horizont durch Rufe des begeisterten Spaliers angekündigt.
Und im Westen färbte der gleiche Himmel die Reihe der schönen Bäume purpurrot, lauter prächtige Buchenstämme, die durch Präzipuum und ungeteilt Maître Percenoix gehörten.
Die Gäste bewunderten all das aufs neue. Dann trat man bei Monsieur und Madame Lecastelier ein und drang bis zum Speisezimmer vor. Als die Gäste nach den üblichen

Zeremonien schließlich saßen und mit ernstem Blick die Speisenfolge überflogen, bemerkten sie mit bedrohlichem Erstaunen, daß es das gleiche Festmahl war! Wollte man sie zum besten haben? Bei diesem Gedanken runzelte der Unterpräfekt die Stirn und verwahrte sich im stillen dagegen.
Ein jeder schlug die Augen nieder, da man, aus jenem Gefühl der Höflichkeit und des vollendeten Taktes, der die Leute der Provinz auszeichnet, den Gastgeber und seine Frau keinesfalls fühlen lassen wollte, welch tiefe Verachtung man für sie empfand.
Percenoix versuchte nicht einmal, seine Freude über einen Triumph zu verhehlen, den er von dem Augenblick an für gesichert hielt. Und man entfaltete die Servietten.
O Überraschung! Jeder fand auf seinem Teller – nun? – das, was man eine Anwesenheitsmarke nennt – ein Zwanzigfrankenstück.
Augenblicks war da eine Art ›Hokus-pokus-verschwindibus‹ im Gange, wie wenn eine gute Fee sie alle mit dem Zauberstab berührt hätte, und all die ›Goldfüchse‹ verschwanden unter dem Zauber mit ungeahnter Geschwindigkeit.
Nur der Herr, der die Reblaus eingeführt hatte und der mit galanten Reden vollauf beschäftigt war, bemerkte den Napoleondor erst eine gute Weile später als die anderen. Er begriff nicht gleich. Daher flüsterte er mit unbeholfenem, verwirrtem Ausdruck und einem Kinderlächeln seiner Nachbarin ein paar Worte zu, die wie eine kleine Serenade klangen:
»Bin ich leichtsinnig! Welche Unachtsamkeit! Fast hätte ich es fallen lassen, verflixte Tasche! Dabei ist es die, der Frankreich die Einführung . . . Mangels Vorsicht verliert man oft . . ., man tut sein Geld aus Versehen in eine Uhrtasche; und dann, bei der geringsten falschen Bewegung – zum Beispiel beim Entfalten der Serviette –, plumps, krach, bums, weg ist es!«

Madame Lecastelier lächelte listig.
»Es ist die Zerstreutheit großer Geister!« sagte sie.
»Sind es nicht eher schöne Augen, die das verursachen?« erwiderte der berühmte Gelehrte galant, indem er das schöne Goldstück, das er beinahe verloren hätte, mit gespielter Nachlässigkeit in seine Uhrtasche zurücksteckte.
Frauen haben für alles Verständnis, was Zartgefühl beweist, und da Madame Lecastelier sich über die Absicht des Herrn, der die Reblaus eingeführt hatte, klar war, machte sie ihm die Freude, während des Mahls zwei- oder dreimal zu erröten, wenn der Gelehrte sich ihr zuneigend, leise auf sie einsprach.
»Still doch, Sie gefürchteter Mensch!« murmelte sie.
Percenoix hatte, als wahrer Schwachkopf, von nichts etwas bemerkt und hatte auch nichts bekommen. Er schwatzte im Augenblick gerade wie eine einäugige Elster drauflos und hörte, die Augen zur Decke gerichtet, sich selber zu.
Das Essen war prächtig, ja sogar sehr prächtig. Die Politik der europäischen Kabinette wurde dabei eingehend erörtert. Der Unterpräfekt mußte sogar mehrere Male die drei höchst einflußreichen Persönlichkeiten bedeutsam ansehen, und diese, für die die Diplomatie seit langem keine Geheimnisse mehr in sich barg, lenkten die Runde durch eine Reihe von Kalauern ab, die wie Schreckschüsse wirkten. Die Freude der Gäste erreichte den Höhepunkt, als der Nougat aufgetragen wurde, der, wie im Vorjahr, die kleine Stadt D*** darstellte.
Gegen neun Uhr abends wandte sich ein jeder Eingeladene unter diskretem Rühren des Zuckers in seiner Kaffeetasse seinem Nachbarn zu. Alle Augenbrauen waren hochgezogen, und die Augen hatten jenen leeren Ausdruck, der Personen eigen ist, die nach einem Bankett im Begriff sind, eine Meinung von sich zu geben.
»Ist es nicht das gleiche Festmahl?«

»Jawohl, genau dasselbe.«
Dann, nach einem Seufzer, einer Pause und einem nachdenklichen Verziehen des Gesichts:
»Absolut dasselbe.«
»War da aber nicht doch noch etwas?«
»Ja, ja, da war noch etwas!«
»Schließlich – damit – ist es schöner!«
»Jawohl, es ist merkwürdig. Es ist das gleiche, und doch ist es schöner!«
»Ach, das ist doch seltsam!«
»Aber wodurch ist es schöner?« Ein jeder zerbrach sich vergebens den Kopf.
Man glaubte, plötzlich den Finger auf den bestimmten Punkt gesetzt zu haben, der diesen undefinierbaren Eindruck des Andersseins rechtfertigte, den jeder empfand, und damit verflüchtigte sich der aufsässige Gedanke wie eine Galatea, die nicht gesehen werden möchte.
Dann trennte man sich, um das Problem in größerer Freiheit reifen zu lassen.
Und seitdem ist die ganze kleine Stadt D*** ein Opfer der beklagenswertesten Ungewißheit. Es ist geradezu ein Verhängnis! Niemand kann das Geheimnis aufklären, das noch heute das siegreiche Gastmahl des Maître Lecastelier umgibt.
Maître Percenoix glitt einige Tage danach, als er in solche Betrachtungen vertieft war, auf seiner Treppe aus und stürzte so, daß er an den Folgen verschied. Lecastelier beweinte ihn bitterlich.
Noch heute spricht man, plaudert man vertraulich, fragt man sich und träumt man während der langen Winterabende, sei es in der Unterpräfektur, sei es auf dem Steueramt, und das ewige Thema kommt immer wieder zur Sprache. Man leistet Verzicht auf seine Klärung. Um Haaresbreite kommt man wohl der Lösung bis auf eine hundertachtundsechzigste Dezimalstelle nahe, dann schwindet das X der Lösung ins Ungewisse zwischen

den beiden Versicherungen, die wohl verwirrend für den menschlichen Geist sind, die aber das Symbol für die indiskutablen Neigungen der öffentlichen Meinung unter unserem Himmelsgewölbe sind:
Das gleiche . . . und doch schöner!

Zwei Auguren

Vor allem: kein Genie!

Moderne Devise

Junge Menschen Frankreichs, Denker- und Schriftstellerseelen, Meister einer zukünftigen Kunst und junge Schöpfer, die ihr mit erleuchteter Stirn einhergeht, eurem neuen Glauben vertrauend, ja, wenn es sein muß, entschlossen, euch zum Beispiel diese Devise, auf die ich euch hinweise, zu eigen zu machen: ›Duldet, um zu bestehen!‹, ihr, die ihr, abseits noch, bei eurer Studierlampe in irgendeinem kalten Zimmer der Hauptstadt ganz leise vor euch hergesagt habt: ›O mächtige Presse, überlaß mir deine Tausende von Blättern, und ich werde Gedanken von neuer Schönheit hineinschreiben!‹, ihr hegt die berechtigte Hoffnung, daß euch einmal vergönnt sein wird, das darin zu sagen, was eure Mission ist, und nicht das wiederkäuen zu müssen, was die blödsinnige Menge zu hören verlangt, – ihr, bescheiden und arm, glaubt, daß eure lichtvollen Seiten, die ihr der Menschheit hinwerft, euch wenigstens euer tägliches Brot und das Öl für eure Nachtwachen einbringen werden?
Nun denn, so vernehmt das seltsame und dem Anschein nach widersinnige, obschon von unbestrittenstem Realismus getragene Gespräch, das sich neulich zwischen einem gewissen Direktor von einer jener Zeitungen und einem unserer Freunde entsponnen hat, der sich eines Tages aus reiner Neugier als angehender Journalist ausgegeben hatte.
Diese Szene, die, wie mich dünkt, sich immer wieder abzuspielen scheint – wie auch alle anderen dieser Art, die im Grunde genommen, seien sie nun schweigend erlebt oder gesprochen worden, doch nur dasselbe ergeben können wie jene, die ewige –, ich sehe mich genötigt, o ihr, die ihr dazu ausersehen seid, sie immer von neuem heraufzubeschwören, sie ins Präsens des Indikativs zu setzen.

Dringen wir also in jenes fast immer in einem schönen Grün gehaltene Kabinett ein, in dem der Direktor – einer von jenen Männern, die ehrenwerte Bürger nur als ›Abonnentenmasse‹ ansehen – vor seinem Tisch sitzt und, einen Ellbogen auf die Lehne seines Sessels und sein Kinn in die Hand gestützt, nachzudenken scheint, während seine andere Hand nachlässig mit dem traditionellen Elfenbeinmesser spielt.
Es tritt ein Laufbursche ein und überreicht dem Denker eine Karte.
Dieser nimmt sie entgegen, wirft einen zerstreuten Blick darauf, zieht beunruhigt seine Augenbrauen hoch, um sich dann nach einem leichten Zusammenfahren wieder zu fassen.
»Ein *Unbekannter?*« murmelt er. »Pah, irgend so ein Prahlhans, der sich aufspielt, um bis zu mir vorzudringen. Heutzutage ist jeder bekannt und hat sich durchgesetzt. Und wie sieht dieser Herr denn aus?«
»Es ist ein junger Mann, Herr Direktor.«
»Zum Teufel! Lassen Sie ihn eintreten.«
Einen Augenblick später erscheint unser junger Freund.
Der Direktor erhebt sich und sagt, so verbindlich er kann: »Habe ich wirklich die Ehre, mit einem Unbekannten zu sprechen?«
»Nie hätte ich gewagt, mich ohne diese Bezeichnung vorzustellen«, antwortet der angebliche Mann der Feder.
»Wollen Sie die Güte haben, Platz zu nehmen?«
»Ich möchte Ihnen einen kleinen aktuellen Bericht anbieten, – natürlich ist er etwas gewagt . . .«
»Das hat nichts zu sagen. Kommen wir zur Sache. Wie hoch wäre Ihre Forderung pro Zeile?«
»Nun, drei Francs bis drei Francs fünfzig, nicht wahr?« antwortet der Neuling gewichtig.
Der Direktor fährt zusammen.
»Aber erlauben Sie, weder ein Montépin noch ein Hugo, ja nicht einmal ein Du Terrail kosten ein solches Honorar«, erwidert er.

Der junge Mann steht auf und sagt kalten Tones:
»Ich sehe, der Herr Direktor vergißt, daß ich vollkommen unbekannt bin!«
Stillschweigen.
»Ich bitte Sie, setzen Sie sich wieder. Geschäfte lassen sich nicht auf solche Weise erledigen. Ich will nicht in Abrede stellen, daß heutzutage ein Unbekannter ein seltener Vogel ist. Immerhin . . .«
»Ich möchte hinzufügen, Herr Direktor«, unterbricht der angehende Schriftsteller unbefangen, »daß ich, ach, nicht allein ohne eine Spur von Talent bin, sondern: daß bei mir ein – vollkommener – Mangel an Talent vorliegt! Ich bin das, was man in der Umgangssprache ›blöd‹ nennt. Mein einziges Talent besteht darin, daß ich mich in den etwas derben, geheimen Kniffen der englischen und irländischen Boxweise auskenne. Was die Literatur angeht, so erkläre ich Ihnen offen, daß sie für mich ein verschlossener und mit sieben Siegeln versehener Brief ist.«
»Wie«, ruft der Direktor, vor Freude zitternd, »Sie behaupten, ohne jedes literarische Talent zu sein, Sie überheblicher junger Mann?«
»Ich bin imstande, meine diesbezügliche Unfähigkeit auf der Stelle zu beweisen.«
»Ach, das ist doch nicht möglich! – Sie spielen sich nur auf!« stammelt der Direktor, der offenbar im geheimsten Winkel seiner ältesten Hoffnungen getroffen ist.
»Ich bin«, fährt der Fremde mit sanftem Lächeln fort, »was man einen kümmerlichen, selbstgefälligen Pfuscher nennt, mit albernen Einfällen und ganz besonderer Plattheit des Stiles begabt, also ein außergewöhnlich banaler Schreiberling.«
»Sie? Na, hören Sie mal! – Ach, wenn das wahr wäre!«
»Herr Direktor, ich schwöre es Ihnen . . .«
»Machen Sie das anderen weis!« gibt der Direktor feuchten Auges und mit melancholischem Lächeln zurück.

Dann betrachtet er den jungen Mann voller Rührung und fährt fort:
»Jaja, so ist eben die Jugend, die vor nichts Bedenken hegt! Heiliges Feuer! Illusionen! Schon beim ersten Streich glaubt man ein gemachter Mann zu sein! – Kein Talent, sagen Sie? Wissen Sie aber auch, junger Mann, daß man in unseren Tagen ein äußerst bemerkenswerter Mann sein muß, um keinerlei Talent haben zu dürfen? Geradezu ein bedeutender Mann? Und daß man das oft nur nach etwa fünfzig Jahren des Kampfes, der Arbeit, der Demütigungen und des Elends wird und man dann doch nichts weiter ist als ein Emporkömmling? O Jugend! Frühling des Lebens! Primavera della vita! Ich aber, junger Mann, der ich hier zu Ihnen spreche, suche nun schon an die zwanzig Jahre einen Menschen, der kein Talent hat! Hören Sie mich? – Noch nie habe ich einen finden können. Ich habe mehr als eine halbe Million bei dieser Jagd nach dem weißen Sperling verschwendet, ja, geradezu verrannt habe ich mich in dieses wahnwitzige Unternehmen! Was wollen Sie aber, ich war jung, ein unbeschriebenes Blatt, und habe mich dabei ruiniert. – Heute, mein Lieber, hat jeder Talent, Sie genau wie alle anderen. Überschätzen wir uns nicht. Glauben Sie mir, es ist vergeblich. Das ist die alte Geschichte, ein Kniff, das zieht nicht mehr. Lassen Sie uns vernünftig sein.«
»Aber Herr Direktor, welcher Argwohn . . . Wenn ich Talent hätte, wäre ich nicht hier!«
»Und wo wären Sie denn dann?«
»Ich würde mich pflegen, das können Sie mir glauben.«
»Tatsache ist«, murmelt der Direktor daraufhin, allmählich milder gestimmt und immer mit seinem schlauen Lächeln, »Tatsache ist, daß mein Laufbursche, ich meine den freundlichen jungen Mann, der mir Ihre Karte überreichte, ein Mann mit Staatsexamen, ich bitte Sie, und mit akademischen Auszeichnungen – ja, was für eine schöne Sache ist doch die Wissenschaft! heut-

zutage kann sie einen weit bringen! –, kein Geringerer ist als der Autor von drei oder vier hervorragenden dramatischen und, gestatten Sie mir das Wort, ›literarischen‹ Werken, die schließlich bei manchem Wettbewerb des Institut de France vor Hunderten von anderen, die natürlich vor den seinen mit Vorliebe gespielt wurden, mit den höchsten Auszeichnungen bedacht worden sind. Nun, der Unglückselige hat sich allem entziehen wollen! Und so wird er, nach dem Urteil seiner Freunde, tatsächlich nur als Narr angesehen, der es zu nichts bringt. Sie bezeichnen ihn mit tränenerstickter Stimme als Trunkenbold, Zigeuner, Kuppler, Spitzbuben und Versager und fügen, die Augen zum Himmel gerichtet, hinzu: ›Wie bedauerlich!‹ Mein Gott, ich weiß recht gut, daß das in Paris – wo man daran gewöhnt ist, daß alle Welt morgens beredet wird und abends wieder volle Ehren genießt – gar nichts ausmacht. Ja, im Grunde genommen ist es sogar eine gute Reklame. Daß man jedoch eine gewisse Berechtigung hat, ihm seiner linkischen Unbesorgtheit wegen, die daraus nicht Kapital zu schlagen verstand, zu grollen, müssen Sie zugeben. Es ist also reine Menschlichkeit, wenn ich ihn augenblicklich vor dem Spital bewahre. Doch kommen wir zu Ihnen zurück. *Unbekannt und ohne auch nur einen Schimmer von Talent*, so war es doch? Nein, das kann ich nicht glauben. Ihr Glück wäre gemacht und das meine ebenfalls. Sechs Franken für die Zeile würde ich Ihnen anbieten! Nun, ganz unter uns, wer bürgt mir für die Wertlosigkeit dieses Artikels?«
»Lesen Sie doch, Herr Direktor!« sagt darauf der junge Versucher voller Stolz.
»Man merkt, daß Sie kaum erst dem Jünglingsalter entwachsen sind, Monsieur«, antwortet der Direktor lachend, »denn wir lesen nur das, was wir niemals zu veröffentlichen gedenken. Man druckt nur ein Manuskript, das entsprechend unleserlich ist. Und sehen Sie, das Ihre scheint, wie ich durch den Kneifer erkenne,

irgendwie durch Schönschrift verunstaltet zu sein – was schon ein recht schlechtes Zeichen ist. Das ließe einen vermuten, daß Sie in Ihrer Arbeit sorgfältig sind. Nun darf aber jeder Journalist, der wirklich dieses großen Namens wert sein will, nur dem Zuge seiner Feder folgen, gleichviel, was ihm gerade durch den Kopf geht, – und er darf vor allem nicht noch einmal lesen, was er geschrieben hat. Die Sache muß wie von selbst gehen, und zwar mit einer Überzeugungskraft, die lediglich der Augenblicksstimmung entspringt und in die Richtung des Blattes paßt. Und dann los! Es ist doch klar, daß eine gute Tageszeitung anders überhaupt niemals erscheinen würde! Man hat, lieber junger Mann, nicht die Muße, Zeit damit zu verlieren, über das, was man sagt, nachzudenken, wenn der Zug in die Provinz auf unsere Papierballen wartet; nun, das ist wohl einleuchtend! Verstehen Sie, der Abonnent muß die Vorstellung haben, daß er etwas liest. Wenn Sie wüßten, wie gleichgültig ihm alles übrige im Grunde genommen ist!«
»Beruhigen Sie sich, Herr Direktor, das war nur der Kopist . . .«
»Sie lassen abschreiben! Unglückseliger! Sie scherzen wohl?«
»Mein Manuskript war nicht nur unleserlich, es war auch so voller Rechtschreibe- und Grammatikfehler, daß ich, nun ja . . . für einen ersten Artikel . . . gedacht habe . . .«
»Das wäre im Gegenteil ein Grund mehr, ihn mir so zu bringen, wie er war! Will ein Diamant denn niemals seinen Wert erkennen? Orthographische Fehler, Grammatikfehler! Wissen Sie nicht, daß man die Korrektoren nicht dazu bewegen kann, sie nicht zu verbessern – was einem Artikel oft die ganze Würze nimmt? Gerade dieses Natürliche, dieses Prickelnde, dieses Ursprüngliche ist es ja, was die wahren Kenner so ungeheuer schätzen! Der Städter hat eine Vorliebe für Druckfehler, junger Mann! Es schmeichelt ihm, sie herauszufinden. Vor allem in der Provinz. Sie haben völlig falsch gehandelt.

Wirklich! Und – haben Sie Ihren Bericht irgendeinem Experten vorgelegt?«
»Soll ich es Ihnen gestehen, Herr Direktor? Da ich an mir zweifelte, denn ich habe ja Gott sei Dank keine Begabung . . .«
»Zum Teufel, das hoffe ich sehr!« unterbricht ihn der Direktor nach einem flüchtigen Blick auf einen Revolver, der neben ihm liegt.
»Nachdem ich den entsprechenden Typ ausfindig gemacht hatte, der den guten Durchschnitt der allgemeinen Geistesbeschaffenheit für diese schwerwiegende Prüfung verkörperte, fiel meine Wahl auf – ich muß es schon aussprechen – meinen ›pipelet‹, meinen Pförtner, einen alten Boten aus der Auvergne, der unter dem Treppauf, Treppab weiß geworden und durch die nächtlichen Störungen überanstrengt ist und den die zu ausschließliche Lektüre von Briefumschlägen buchstäblich verstört hat.«
»Gewiß, gewiß!« brummt darauf der Herr Direktor, der sehr aufmerksam geworden ist. »Die Wahl war in der Tat ebenso scharfsinnig wie praktisch und klug. Denn, merken Sie sich eins: das Publikum ist närrisch auf Außergewöhnliches. Da es aber nicht recht weiß, worin in der Literatur – gestatten Sie mir das Wort – eben dieses Außergewöhnliche besteht, auf das es versessen ist, so kann man daraus nach meiner Ansicht folgern, daß im guten Journalismus die Würdigung eines Portiers der eines Dante vorzuziehen ist. Und . . . wollen Sie mir bitte sagen, welche Meinung der Türklingelzieher geäußert hat?«
»Aus dem Häuschen war er! Entzückt! Im siebenten Himmel! Und zwar so, daß er mir das Manuskript aus den Fingern riß, um es noch einmal selbst zu lesen, da er fürchtete, durch meinen Vortrag genarrt worden zu sein. Er hat mir auch zu dem Schlußwort verholfen.«
»Der Unbesonnene! Anstatt es direkt an mich zu schicken! Sehen Sie, ein Denker hat einmal gesagt, oder

hätte es sagen sollen, das Ideal eines Journalisten sei zunächst der Reporter und dann die verfehlte Existenz mit krauser Stirn – unter kraus verstehe ich natürlich, wie man sich das Haar kräuseln läßt –, die auf grobe Art und aufs Geratewohl beleidigt und die sich auch mit den Einfältigen herumschlägt, während diese deswegen nicht einmal mit den Achseln zucken, um durch die öffentliche Feigheit seine tolle Mittelmäßigkeit noch bestätigen zu lassen. Dieses Duett von Sänger und Tänzer macht den Lebensnerv jeder Zeitung aus, die etwas auf sich hält. Außer den ›Artikeln‹ in diesen beiden Spalten sollten sich alle anderen nur aus ›Schlußworten‹ zusammensetzen, die auf gut Glück, und wie es sich gerade trifft, wie Perlen aneinandergereiht werden müssen. Zum Teufel, das Publikum liest eine Zeitung doch nicht etwa, um nachzudenken oder zu überlegen! Man liest, wie man ißt. Also, ich habe mich entschlossen, Ihre Sache zu überfliegen: und zwar um zu sehen, ob bei Ihnen – wie ich weiß nicht welcher lateinische Autor so schön sagt – die Zahl der Jahre nicht hinter dem Wert nachhinkt . . .«
»Da ist das Manuskript!« ruft der Schriftsteller strahlend aus und hält ihm sein Werk mit jugendlich alberner Miene hin.
Nach drei Minuten fährt der Direktor hoch und wirft dann voller Geringschätzung die losen Blätter wieder auf den Tisch.
»Da!« stöhnt er mit einem tiefen Seufzer. »Ich habe es ja gewußt! Wieder eine Enttäuschung, aber ich zähle sie schon nicht mehr.«
»Wieso denn?« murmelt der junge Held wie aufgeschreckt.
»Ach, edler Freund, aber das strotzt ja von Talent! Es tut mir leid, es Ihnen sagen zu müssen! Das ist drei Sous pro Zeile wert – und auch das nur, weil Sie unbekannt sind. Wenn ich es aufnehme, würden Sie nach acht Tagen gar nichts mehr bekommen, und in vierzehn Tagen würden

Sie mich bezahlen müssen – sofern Sie nicht ein Pseudonym annehmen. Aber ja doch, seien wir vernünftig! Sie sind nicht vernünftig genug, und wie ich merke, könnten Sie es auch schwerlich werden, da Sie unglücklicherweise jene Art von Talent besitzen, die Sie – entschuldigen Sie den Ausdruck – zu einem Schriftsteller macht und nicht zu einem schamlosen Zeilenschinder ohne Gewissen und Verstand, der zu sein Sie sich eben brüsteten, um meinen Glauben, mein Wohlwollen, meine Kasse und meine Achtung zu übertölpeln.«
»Nein . . .«, stammelt mit niedergeschlagener Miene der angebliche Anwärter auf die Tagesschreiberei, »Sie müssen sich irren . . ., es herrscht hier ein Mißverständnis. Sie haben nicht . . . aufmerksam genug gelesen . . .«
»Aber das stinkt ja dermaßen nach Literatur, daß nach vierundzwanzig Stunden die Auflagenhöhe um fünftausend sinken würde!« ruft der Direktor aus. »Schon allein die Qualität des Stils, versichere ich Ihnen, zeugt von Talent! Eine Million Federfuchser können in einer Zeitung das Exposé eines sogenannten Einfalls zu Papier bringen . . . Ja, black upon white, schwarz auf weiß! Kommt aber auch nur ein einziger Schriftsteller auf den Gedanken, diesen Einfall seinerseits und auf seine Art in einem Buch festzuhalten, schon ist darüber alles andere vergessen. Da ist niemand mehr da! Man möchte sagen, wie bei einem Windstoß, der über Sand hinwegfegt. Gewiß ist das höchst rätselhaft, doch was soll man da tun? Es ist nun einmal so. Wenn Sie also ein Schriftsteller sind, sind Sie der geborene Feind jeder Zeitung.
Wenn Sie wenigstens nur Geist besäßen, der geht immer noch ein bißchen ab. Das Schlimmste ist aber, daß Sie durch ein gewisses Etwas in Ihrer Ausdrucksweise ahnen lassen, daß Sie versuchen, Ihre Intelligenz zu verstecken, um den Leser nicht zu verscheuchen! Den Teufel auch, die Leute lieben es nun einmal nicht, daß

man sie geringschätzt! Ihr ungekünstelter Stil strahlt eine beeindruckende Kraft aus, was – bei aller Bemühung Ihrerseits – einen weiteren Stoß versetzt, da es keine Heilmethode gibt, die von einem so grundlegenden und immer wiederkehrenden Fehler befreien könnte! Sie drucken? Aber dann würde ich lieber den Bottin nachdrucken! Das wäre zweckmäßiger. Kurzum, Sie haben hierin etwas von einem Mann an sich, der, da er weiß, daß eine gewisse Dame, nach deren Mitgift ihn gelüstet, Gefallen an Krummbeinigen findet, vorgibt zu hinken, um sich die Dame geneigt zu machen, oder etwas von einem sonderbaren Schüler, der, um die Achtung und den Respekt seiner Lehrer sowie seiner Kameraden zu gewinnen, sich sein Haar weiß färben ließe. Junger Mann, die wenigen Seiten, die ich eben überflogen habe, genügen mir schon, um sehr genau zu wissen, mit wem ich es zu tun habe. Heute kann man keinem etwas vormachen! Das Publikum hat seinen Instinkt, seinen Spürsinn, der ebenso sicher ist wie der eines Tieres. Es kennt seine Leute und täuscht sich niemals. Es durchschaut Sie. Da es bestens den Wert und die wahre und dunkle Bedeutung Ihrer Schriften kennt, fühlt es von vornherein, daß sein Urteil, sei es nun Lob oder Tadel, von Ihnen genausowenig beachtet wird wie der Schmutz an Ihren Stiefeln und daß letzten Endes sein unklares und unbekümmertes Geschwätz über Sie von Ihnen doch nur wie das Kollern eines Truthahnes oder das Rütteln des Windes an einem Türschloß hingenommen wird. Die sichtbare Anstrengung, die Sie – doch wohl aus einer pekuniären Notlage heraus – hier gemacht haben, um sich den ›Vorstellungen‹ des Publikums anzupassen, spotten seiner aufs gröbste. Die Unbeholfenheit Ihrer geheuchelten Demut birgt etwas verletzend Anstößiges für die Aufgeblasenheit seines apathischen Dünkels in sich. Ihr gräßliches Hutabnehmen, das um ein Almosen zu bitten scheint, bringt es ganz aus der Fassung, und so etwas wird dem

Autor vom Leser nicht verziehen. Allein Männer mit Genie können sich solche, alsdann erträgliche Vertraulichkeiten in ihren Büchern erlauben; denn wenn sie manchmal ihren Leser beim Schopf packen und ihm mit ruhiger und herrischer Faust die Knochen durcheinanderschütteln, so nur deshalb, um ihn zu zwingen, den Kopf danach um so höher zu tragen! Doch bei einer Zeitung, Monsieur, sind solche Methoden zumindest unangebracht, sie setzen in den Augen des Verwaltungsrates die Zukunft des Blattes aufs Spiel. Der Nachteil solcher Artikel liegt in der Tat in folgendem:
Der Bürger reißt, wenn er sie mit einem durch seine Geschäfte wirren Kopf überfliegt, die Augen auf, heißt Sie bei sich einen ›Poeten‹, lächelt in petto und bestellt das Blatt ab, wobei er laut erklärt, Sie hätten viel Begabung! Er zeigt damit einerseits, daß Ihre Schreiberei ihn nicht angesprochen hat, andererseits macht er sie in den Augen seiner Mitbürger unmöglich, die es ahnen, sich ihm anschließen, Sie mit Lobeserhebungen beweihräuchern und, sei es aus gutem Glauben oder aus Instinkt, Sie doch niemals lesen werden; denn sie haben in Ihnen eine Seele gewittert, also das, was sie auf der Welt am meisten hassen. – Und ich, ich darf schließlich dafür zahlen!«
Hierauf verschränkt der Direktor die Arme und betrachtet seinen Gesprächspartner mit glanzlosem Blick:
»Hören Sie, Sie halten das Publikum wohl für dumm? Ich muß schon sagen, Sie sind erstaunlich! Es besitzt nur eine andere Art . . . von Intelligenz als Sie, das ist alles!«
»Wenn man Sie so hört«, antwortet lächelnd der entlarvte Literat, »hat es aber doch den Anschein, als wäre von uns beiden nicht ich es, der am schonungslosesten über das Publikum herzieht.«
»Darüber besteht kein Zweifel, mein junger Freund! Nur spotte ich seiner auf praktische Weise, die mir etwas einbringt. In der Tat wird mich der Bürger, der allem und sich selbst feind ist, immer gebührend, jeder

auf seine Art, belohnen, um seine niedrigen Handlungen zu beschönigen, doch nur unter der Bedingung, daß ich ihn in dem Glauben lasse, daß ich seinen Nachbar meine. Was besagt bei diesem Geschäft schon der Stil? Die einzige Devise, die ein wahrer Schriftsteller unserer Tage sich zu eigen machen sollte, lautet: ›Sei mittelmäßig!‹ Und diese habe ich für mich gewählt. Dem verdanke ich meinen Ruf. – Ach, sehen Sie, was die französische Bourgeoisie angeht, so befinden wir uns ja nicht mehr in der Zeit des Eustache de Saint-Pierre! Wir haben Fortschritte gemacht. Der menschliche Geist ist in Bewegung! Heutzutage wünscht der ganze dritte Stand nichts weiter, und das mit Recht, als in Frieden, und wie es ihm behagt, seine Blähungen, Milben und Darmgeräusche loszuwerden. Und da er, durch Gold und Zahl, die Kraft besitzt, die gereizte Stiere gegenüber ihren Hirten haben, so ist es das beste, sich ihm anzupassen. Nun kommen Sie daher und denken, Sie können ihn ganze Flaschen von Aloesaft aus Henkelkrügen von ziseliertem Gold schlucken lassen. Er wird sich natürlich, nicht ohne Gesichter zu schneiden, dagegen sträuben, da er nicht möchte, daß man ihm gewaltsam den Verstand läutert! Und er wird sofort auf mich zurückkommen und nach allem vorziehen, wieder meinen derben, verfälschten Wein aus meinem alten schmutzigen Becher zu trinken, ist doch die Gewohnheit eine zweite Natur. Nein, Herr Poet, heute ist die Mode dem Genie nicht zugetan! So langweilig Könige auch immer sein mögen, so schätzen und ehren sie doch Shakespeare, Molière, Wagner, Hugo und so weiter, die Republiken hingegen verbannen einen Äschylos, ächten einen Dante und enthaupten einen André Chénier. Da sehen Sie's, in einer Republik hat man sich mit anderen Dingen zu befassen, als Genie zu haben. Sie begreifen, man hat da so viel Geschäfte auf dem Hals. Doch hindert das nicht, daß man Gefühle hat. Lassen Sie uns zu Ende kommen. Mein junger Freund, es ist traurig, es aussprechen zu müssen, aber Sie sind mit großem, außergewöhnlichem Talent behaftet. Verzeihen Sie mir meine schonungslose Offenheit. Es liegt nicht in meiner Absicht, Sie zu verletzen. Ich weiß auch, daß in Ihrem Alter manche Wahrheiten nur schwer verstanden werden, aber . . . nur Mut! Ich verstehe, ja ich lobe sogar die unerhörte Mühe, die Sie auf die sträfliche Ausarbeitung dieses Artikels verwendet haben, aber was wollen Sie? Diese Mühe ist fruchtlos, denn es ist unmöglich, ein wirklicher Schuft werden zu wollen, dazu bedarf es der Anlage, bedarf es . . . der Gesalbtheit; die aber muß angeboren sein! Es geht nicht an, daß einem infamen Artikel der Widerwille anzumerken ist, man muß Offenheit und vor allem Unbekümmertheit spüren, denn wenn das nicht der Fall ist, werden Sie abstoßend wirken, und man wird Sie durchschauen. Am besten wäre es für Sie, zu verzichten. Doch wenn Sie kein Genie sind (wie ich annehme, ohne dessen sicher zu sein), so ist Ihr Fall nicht hoffnungslos. Sie könnten vielleicht zum Ziele kommen, wenn Sie das Arbeiten lassen. Wenn Sie sich zum Beispiel willentlich als ein Plagiator betätigen, so würde das einen Federkrieg ergeben, der Verkauf käme in Gang, und Sie könnten mich wieder aufsuchen; ohne das haben wir nichts miteinander zu schaffen. – Sehen Sie einmal mich an, mich, der ich mit Ihnen spreche, ich sage Ihnen ganz leise: Ich habe wie Sie Talent, daher schreibe ich niemals für meine Zeitung; innerhalb von drei Tagen würde ich am Bettelstab sein. Übrigens habe ich meine Gründe, daß ich nicht das kleinste Buch schreibe, nicht die geringfügigste Zeile drucken lasse, die meine Zukunft durch den Verdacht irgendwelcher Fähigkeit belasten könnte. Ich will hinter mir das Nichts.«

»Was! Nicht einmal zehn Zeilen?« unterbricht ihn der Literat mit erstaunter Miene.

»Nein, nichts! Ich lege Wert darauf, Minister zu werden!« antwortet der Direktor entschiedenen Tones.

»Ja, das ist etwas anderes!«

»Und ich lasse das Gegenteil ausposaunen! Und was ich Ihnen da sage, ist vom praktischen Standpunkt aus so unumstößlich, sehen Sie, daß, wenn zum Beispiel in Frankreich der Posten eines Ministers der schönen Künste vom allgemeinen Wahlrecht abhinge, Sie der erste wären, der, wenn auch mit einem gewissen Achselzucken, für mich stimmen würde. Ja doch, ja doch! Teufel noch mal, seien wir vernünftig! Ich mache nie Scherze. Doch genug nun, lassen Sie mir trotz allem Ihr Manuskript da.«

Stille.

»Gestatten Sie, Herr Direktor«, erwidert nun der Unbekannte, indem er seine auf dem Tisch liegende Arbeit wieder an sich nimmt, »hierbei irren Sie sich aber. Von der Politik habe ich andere Vorstellungen als vom Journalismus, und ich könnte mir für den betreffenden Ministerposten nur einen Mann von seltenster Geradheit, Fähigkeit, Gelehrsamkeit und Würde des Geistes denken. Nun, abgesehen von dem Blatt, das Sie leiten, gibt es in Frankreich Journalisten, deren Rechtschaffenheit dem käuflichen Zuge unserer Epoche widersteht, deren Stil rein klingt, deren Wort hell auflodert und deren nützliche Kritik unaufhörlich die unbedachten Urteile der Masse richtigstellt. Ich versichere Ihnen, daß ich in dem Fall, von dem Sie sprachen, meine Stimme eher einem von ihnen geben würde.«

»Ich glaube, mein junger Freund, daß Sie sich in etwas hineinsteigern; Rechtschaffenheit ist heute nicht gefragt!«

»Die Dummheit auch nicht«, antwortet der Literat mit leichtem Lächeln.

»Bah! Wenn Sie in mein Alter kommen, werden Sie über diese Phrasen erröten!«

»Danke, daß Sie mich an Ihr Alter erinnern, denn wenn ich Sie so höre, hätte ich Sie für . . . jünger gehalten.«

»Wie? . . . aber – mir scheint, daß Sie sich bei dem, was

ich sage, an Kleinigkeiten stoßen, junger Mann?« Hierauf erhebt sich der Unbekannte.
»Der Herr Direktor hat mir bewiesen, daß, wenn man sich an Kleinigkeiten stößt, man manchmal das Große entdeckt«, antwortet er zerstreut.
»Sagen Sie mal? – Ihre Dreistigkeit erheitert mich; aber warum diese plötzliche Schärfe?«
Hierauf sieht der junge Besucher sein Gegenüber mit einem so kalten Boxerblick an, daß dem Mann im Sessel ein leichter Schauder durch die Adern rinnt.
»Nun gut, ich will offen sein«, erwidert er. »Ich biete Ihnen hier also ein Machwerk an, das hundertmal minderwertiger ist als alle Artikel, die Sie tagtäglich publizieren, einen langatmigen Lokalartikel, der von satter Selbstgefälligkeit, ruhigem Zynismus und sentenziöser Hohlheit nur so strotzt, – kurzum, das Ideal dieses Genres, eine wahre Perle! Und dafür überhäufen Sie mich mit Beleidigungen, anstatt mir mit Ja oder Nein zu antworten! Sie belegen mich mit höchst lächerlich machenden Bezeichnungen! Sie nennen mich ohne Umstände einen Literaten, Schriftsteller, Denker und was weiß ich noch. Ich habe den Augenblick kommen sehen, in dem Sie mich . . . ohne die geringste Herausforderung meinerseits . . .«, hier senkt unser Freund die Stimme und sieht sich um, als fürchte er, belauscht zu werden, »in dem Sie mich einen ›Mann von Genie‹ nennen würden! Leugnen Sie nicht, ich habe gemerkt, wo Sie hinauswollten. – Monsieur, man behandelt Menschen, die einem nichts zugefügt haben, nicht auf diese Weise als Genie. Das war bei Ihnen nicht Unbesonnenheit, sondern boshafte Berechnung. Sie wissen recht gut, daß eine solche Äußerung die verhängnisvolle Folge haben kann, einen Unschuldigen um seinen Broterwerb zu bringen und ihn der Ausbeutung und dem Gespött aller preiszugeben. Sie durften meinen Artikel zurückweisen, nicht aber ihn herabsetzen, indem Sie erklären, er sei mit Genie befleckt. Wo meinen Sie denn, daß ich ihn jetzt

unterbringen soll! Ja, ich muß schon sagen, dieses hinterhältige Vorgehen lastet mir schwer auf dem Herzen! Und ich sage Ihnen schon jetzt, falls Sie so boshafte Verleumdungen über mich verbreiten, werde ich Sie, da ich unter dem beifälligen halben Lächeln und dem aufmunternden Augenzwinkern auf dem Dienstbotenball, zu dem ich mich vom Leben eingeladen sehe, nicht vor Hunger, Elend oder Scham verenden möchte, zum Kampf herauszufordern oder zu schriftlicher Entschuldigung zu bringen wissen, dessen können Sie gewiß sein. Brechen wir damit ab. Da diese wenigen Worte zwischen uns nur unvollkommene Vorboten einer aufkeimenden Freundschaft zu sein scheinen, gestatten Sie mir, daß ich mich auf englische Art verabschiede und Ihnen – aus Höflichkeit und zu Ihrer Orientierung – sage, daß ich lange die Kunst studiert habe, beim Fechten niemals Hiebe nach dem Handgelenk auszuteilen oder entgegenzunehmen, und daß eine verabredete Mutprobe mit mir sehr teuer zu stehen kommen kann. – Ihr Diener.«

Und indem der Literat seinen Hut wieder aufsetzt und sich danach eine Zigarette anzündet, zieht er sich langsam zurück. Nachdem der Direktor wieder allein ist, fragt er sich leise: »Soll ich mich aufregen? Ach was! Seien wir Philosophen. Sokrates erkannte den Tapferkeitspreis, den er in der Schlacht von Potidäa errungen hatte, aus Geringschätzung dem jungen Alkibiades zu: machen wir es wie dieser Weise aus Griechenland. Überdies macht mir der junge Mann Spaß, und seine Spitze mißfällt mir durchaus nicht. Früher bin ich genauso gewesen.«

Dabei zieht unser Mann seine Uhr.

»Fünf Uhr! – Nun, seien wir vernünftig. Was werde ich denn heute zu Abend essen? Einen kleinen Steinbutt? Ja! – Ein wenig Forelle? Nein! – Jungen Lachs? Ja, das wäre schon besser. – Und – als Entremets . . .?«

Danach vertieft sich, sein Elfenbeinmesser wieder zur

Hand nehmend, der Direktor des Blattes für Politik, Literatur, Handel, Wahlen, Industrie, Finanzen und Theater erneut in seine gewinnbringenden, nur schwer zu verstehenden Betrachtungen. Und deren bedeutenden Zweck zu ergründen dürfte unmöglich sein, denn, wie ein mozarabisches Sprichwort sehr weise sagt: ›Die Fackel erleuchtet nicht ihren Halter‹.

Virginie und Paul

FÜR FRÄULEIN AUGUSTA HOLMÈS

Per amica silentia lunae.
Virgil

Am Gitter der alten Pensionsgärten. In der Ferne schlägt es zehn Uhr. Die Aprilnacht ist klar, blau und tief. Die Sterne muten wie Silber an. Schwache Windstöße sind über die jungen Rosen hingeglitten; das Laubwerk raschelt, schneeig fällt am Ende der großen Akazienallee das Wasser des Springbrunnens herab. Inmitten der großen Stille läßt eine Nachtigall, die Seele der Nacht, einen Regen zauberischer Töne aufsprühen.
Als Ihre sechzehn Jahre Sie in einen Himmel voller Illusionen hoben, haben Sie da einmal ein ganz junges Mädchen geliebt? Erinnern Sie sich an den auf einem Stuhl in der Laube zurückgelassenen Handschuh? Haben Sie das Verwirrende einer unverhofften, plötzlichen Begegnung empfunden? Haben Sie gefühlt, wie die Wangen glühten, wenn in den Ferien die Eltern über Ihrer beider Schüchternheit lächelten? Haben Sie die süße Unendlichkeit von zwei reinen Augen kennengelernt, die Sie mit nachdenklicher Zärtlichkeit anblickten? Haben Sie mit Ihren Lippen die Lippen eines zitternden und dann plötzlich blaß gewordenen Kindes berührt, dessen Herz gegen Ihre vor Freude beklommene Brust schlug? Haben Sie sie ganz unten in Ihrem Kästchen aufbewahrt – die blauen Blumen, die Sie am Abend in der Nähe des Flusses gepflückt haben, als Sie gemeinsam heimgingen?
Eine solche Erinnerung, seit all den trennenden Jahren im tiefsten Herzensgrund bewahrt, ist wie ein Tropfen Essenz aus dem Orient, eingeschlossen in ein kostbares Fläschchen. Dieser Balsamtropfen ist so fein und so stark, daß, wirft man das Fläschchen in Ihr Grab, sein Duft, auf unbestimmte Weise unsterblich, noch Ihren Staub überdauern wird.

Ach! Wenn es an einem Abend voller Einsamkeit etwas Süßes gibt, dann liegt es im letzten Erlebnis des Abschieds von dieser zauberhaften Erinnerung!
Die Stunde, wo man allein ist, ist da: der Lärm der Arbeit in der Vorstadt ist verstummt; meine Schritte haben mich ganz zufällig hierhergeführt. Früher war dieses Gebäude eine alte Abtei. Ein Mondstrahl läßt hinter dem Gitter die steinerne Treppe erkennen und beleuchtet zur Hälfte die Standbilder der alten Heiligen, die Wunder gewirkt und sicherlich einmal ihre vom Gebet erleuchteten Stirnen demütig gegen diese Fliesen gedrückt haben. Hier hallten einstmals die Schritte der bretonischen Ritter, als die Engländer noch unsere angevinischen Städte besetzt hielten. Jetzt verjüngen heitere grüne Jalousien die dunklen Steine der Fenster und des Mauerwerks. Aus der Abtei ist ein Mädchenpensionat geworden. Dort zwitschern sie den Tag über sicherlich wie Vögel in den Ruinen. Unter denen, die jetzt schlafen, findet sich mehr als ein junges Mädchen, das in den ersten Osterferien im Herzen eines Jünglings die große heilige Empfindung wecken wird, und vielleicht, daß beide schon . . . – Pst! Da hat jemand gesprochen! Eine zarte Stimme hat soeben ganz leise »Paul! . . . Paul!« gerufen. Ein weißes Musselinkleid, ein blauer Gürtel wehten einen Augenblick lang um diesen Pfeiler. Ein junges Mädchen wirkt manchmal wie eine Geistererscheinung. Das hier ist eben heruntergekommen. Es ist eins von ihnen; ich erkenne die Pelerine des Pensionats und das Silberkreuz am Hals. Ich sehe sein Gesicht. Die Nacht verschmilzt mit den in Poesie getauchten Zügen. O blondes Haar einer noch halb kindlichen Jugend! O blauer Blick, dessen Azur so licht ist, daß er noch die uranfängliche Himmelsluft zu bewahren scheint!
Wer aber ist der blutjunge Mann, der da zwischen den Bäumen einherschleicht? Er hat es eilig; er berührt den Pfeiler am Gitter.

»Virginie, Virginie! Ich bin es.«
»Oh, sprich leiser! Hier bin ich, Paul!«
Beide sind sie erst fünfzehn!
Es handelt sich um ein erstes Stelldichein. Eine Seite der immer wiederkehrenden Idylle. Wie sehr müssen beide vor Freude beben!
Seid gegrüßt, göttliche Unschuld – Erinnerung – wiederbelebte Blumen!
»Paul, du mein lieber Vetter!«
»Reich mir deine Hand durchs Gitter, Virginie. O wie hübsch sie ist, laß mich das sagen! Sieh hier, ein Strauß, den ich gestern in Papas Garten gepflückt habe. Er hat kein Geld gekostet, sondern kommt von Herzen.«
»Ich dank dir, Paul! – Wie er außer Atem ist! Wie muß er gelaufen sein!«
»Ach, das kommt, weil Papa heute ein Geschäft gemacht hat, ein sehr gutes Geschäft! Er hat ein kleines Wäldchen gekauft, zum halben Preis. Die Leute mußten schnell verkaufen; eine günstige Gelegenheit. Und da er mit dem Tag so zufrieden war, bin ich bei ihm geblieben, damit er mir ein bißchen Geld gab; und dann habe ich mich beeilt, um pünktlich hier zu sein.«
»In drei Jahren sind wir verheiratet, Paul, wenn du deine Examen gut bestehst.«
»Ja, ich werde Anwalt werden. Wenn man Anwalt ist, braucht man ein paar Monate, um bekannt zu werden. Dann aber verdient man auch ein bißchen Geld.«
»Oft sogar viel!«
»Ja. Bist du glücklich im Pensionat, meine liebe Base?«
»Ach ja, Paul. Zumal seit Madame Pannier sich vergrößert hat. Anfangs war es nicht so schön; jetzt aber gibt es hier Mädchen aus den Schlössern. Ich habe mich mit all diesen Fräuleins angefreundet. Ach, was haben die für hübsche Sachen! Und dann auch sind wir, seit sie da sind, viel, viel besser dran, denn Madame Pannier kann ein bißchen mehr Geld ausgeben.«

»Aber trotzdem, dieses alte Gemäuer . . . Hier sein zu müssen ist nicht gerade erfreulich.«
»O doch! Man gewöhnt sich dran und sieht es nicht. Aber hör, Paul, hast du unsere liebe Tante besucht? In acht Tagen hat sie ihren Namenstag; da müssen wir ihr gratulieren. Sie ist ja so gut!«
»Ich mag meine Tante nicht so sehr! Neulich hat sie mir altes Zuckerzeug mitgebracht, statt mir endlich einmal ein richtiges Geschenk zu machen: eine hübsche Geldbörse, ein paar Geldstücke, die ich in meine Sparbüchse stecken könnte.«
»Paul, Paul, das ist nicht recht. Mit ihr müssen wir immer lieb sein und ihr schonend begegnen. Sie ist alt und wird uns am Ende etwas Geld hinterlassen . . .«
»Da hast du recht. O Virginie, hörst du da die Nachtigall?«
»Paul, paß nur auf, daß du mich nicht duzt, wenn wir nicht allein sind.«
»Aber liebe Base, wo wir uns doch heiraten werden! Nun, ich werde schon aufpassen. Wie hübsch sie aber singt, die Nachtigall! Welch reine, silberhelle Stimme!«
»Ja, hübsch ist das, aber es läßt einen nicht schlafen. Und mild ist es heute abend: der Mond ist ganz silbern, es ist wunderschön.«
»Ich wußte doch, daß du die Poesie liebst, Base.«
»Ach ja – die Poesie! . . . Ich habe Klavierstunde.«
»In der Schule habe ich alle möglichen schönen Verse gelernt, die ich dir aufsagen könnte, Base: ich kann fast den ganzen Boileau auswendig. Wenn du willst, gehen wir oft aufs Land, wenn wir erst verheiratet sind, ja?«
»Gewiß, Paul! Übrigens wird Mama mir als Mitgift ihr kleines Landhaus geben, neben dem ein Bauernhof steht: dorthin wollen wir dann im Sommer öfters gehen. Und wenn es möglich ist, werden wir ihn auch ein bißchen vergrößern. Der Hof bringt auch etwas Geld ein.«
»Oh, um so besser. Und dann kann man ja auf dem

Lande auch mit viel weniger Geld leben als in der Stadt. Das haben mir meine Eltern gesagt. Ich schwärme für die Jagd und werde viel Wild abschießen. Durch die Jagd spart man auch ein bißchen Geld!«
»Ja, Paul, das Land! Und ich liebe nun einmal alles Poetische!«
»Ich höre ein Geräusch da oben, du auch?«
»Pst! Ich muß wieder hinauf: Madame Pannier könnte aufwachen. Leb wohl, Paul!«
»Virginie, kommst du in einer Woche auch zu meiner Tante? Zum Essen? – Ich habe übrigens Angst, Papa könnte merken, daß ich weggelaufen bin, er würde mir dann kein Geld mehr geben.«
»Deine Hand, schnell.«
Während ich entzückt das himmlische Geräusch eines Kusses vernahm, waren die beiden Engel schon fort; das verspätete Echo aus dem alten Gemäuer wiederholte undeutlich: ». . . Geld! Etwas Geld!«
O Jugend, Lenz des Lebens! Seid gesegnet, ihr Kinder, in eurem Rausch! Ihr, deren Seele schlicht ist wie eine Blume, Ihr, deren Worte andere, aber annähernd gleiche Erinnerungen bei diesem ersten Stelldichein wecken und einem, der zufällig vorübergeht, zarte Tränen entlocken.

Das Geheimnis um das Schafott

Die vor kurzem vollzogenen Hinrichtungen rufen mir die nachstehende außergewöhnliche Geschichte ins Gedächtnis zurück:
Am Abend des 5. Juni 1864 gegen sieben Uhr saß Doktor Edmond-Désiré Couty de La Pommerais, der erst kürzlich von der Conciergerie nach La Roquette überführt worden war, mit der Zwangsjacke bekleidet, in der Zelle der zum Tode Verurteilten.
Schweigsam, mit starrem Blick, stützte er sich auf die Rückenlehne seines Stuhles. Vom Tisch her beleuchtete eine Kerze die Blässe seines kalten Gesichts. Zwei Schritte von ihm entfernt stand ein Wärter, der ihn, mit verschränkten Armen an die Mauer gelehnt, beobachtete.
Fast immer sind die Sträflinge zu einer täglichen Arbeit verurteilt, von deren Lohn die Behörde von vornherein für den Todesfall den Betrag für das Leichentuch einbehält, das sie nicht liefert.
Allein die zum Tode Verurteilten haben keine Aufgabe zu erfüllen.
Der Häftling gehörte zu denen, die nicht Karten spielen: Aus seinem Blick las man weder Furcht noch Hoffnung.
Vierunddreißig Jahre alt, braunhaarig, von mittelgroßem, gut proportioniertem Wuchs, mit erst seit kurzem ergrauenden Schläfen, unruhigen und halb niedergeschlagenen Augen, eigensinniger Stirn, müder und kurz angebundener Stimme, bleifarbenen Händen, dem beherrschten Ausdruck engstirniger Menschen und Manieren von gesuchter Vornehmheit – das war der Eindruck, den er hinterließ.
Man wird sich erinnern, daß beim Gerichtshof an der Seine das Plädoyer von Maître Lachaud, obgleich es diesmal sehr umfassend war, im Bewußtsein der Geschworenen den dreifachen Eindruck nicht verwischt

hatte, der durch die Debatte, die Schlußfolgerungen des Doktors Tardieu und die Anklagerede von Monsieur Oscar de Vallée entstanden war; und so wurde gegen Monsieur de La Pommerais, gemäß den Artikeln 301 und 302 des Strafgesetzbuches, die Todesstrafe ausgesprochen, nachdem man ihn überführt hatte, einer Dame aus dem Kreis seiner Freundinnen, Madame de Pauw, aus Habgier und vorsätzlich tödliche Dosen Digitalis verabreicht zu haben.

An jenem Abend des 5. Juni also wußte er noch ebensowenig von der Abweisung des Gnadengesuches wie von der Verweigerung jeder Gnadenfrist, um die ihm Nahestehende gebeten hatten. Sein glücklicherer Verteidiger war vom Kaiser kaum und nur zerstreut angehört worden. Der hochehrwürdige Abt Crozes, der sich vor jeder Hinrichtung in den Tuilerien in inständigen, flehenden Bitten erging, war ohne Antwort wiedergekommen. Die Todesstrafe unter solchen Umständen in eine mildere umzuwandeln, hieße das nicht, sie folgerichtig aufheben? Der Prozeß diente als warnendes Beispiel. Nach Meinung des Gerichts stand eine Abweisung des Gnadengesuchs nicht mehr zur Frage, und noch bevor das jeden Augenblick bekanntgegeben werden konnte, wurde Monsieur Hendreich ersucht, die Auslieferung des Verurteilten am 9. Juni, morgens fünf Uhr, entgegenzunehmen.

Plötzlich hallte der Lärm von Gewehrkolben von dem Steinboden des Korridors wider; das Schloß knarrte schwerfällig, die Tür ging auf, Bajonette glänzten im Halbdunkel, und der Direktor von La Roquette, Monsieur Beauquesne, erschien, von einem Besucher begleitet, auf der Schwelle.

Monsieur de La Pommerais hob den Kopf und erkannte in diesem Besucher mit einem Blick den berühmten Chirurgen Armand Velpeau.

Auf das Zeichen des Bevollmächtigten ging der Wärter hinaus. Da sich Monsieur Beauquesne nach stummer

Vorstellung ebenfalls zurückzog, standen sich die beiden Kollegen plötzlich von Angesicht zu Angesicht und Auge in Auge gegenüber.
La Pommerais wies dem Doktor schweigend seinen eigenen Stuhl und setzte sich dann selbst auf die Pritsche, von der die Schläfer meist sehr bald wieder durch plötzliches Auffahren zum Leben erwachen. Da man schlecht sehen konnte, näherte sich der große Kliniker dem . . . Kranken, um ihn besser beobachten und leise mit ihm plaudern zu können.
Velpeau ging in diesem Jahr in die Sechzig. Auf dem Gipfel seines Ruhmes angekommen – im Institut Erbe des Sitzes von Larrey, Erster Professor am chirurgischen Krankenhaus von Paris, durch seine Werke, die alle von klarer und lebendiger Genauigkeit in der Darlegung zeugen, eine der Größen der heutigen pathologischen Wissenschaft –, galt der geschickte Fachmann als eine der hervorragendsten Persönlichkeiten des Jahrhunderts.
Nach einem eisigen Augenblick des Schweigens sagte er:
»Monsieur, man sollte sich unter Medizinern unnütze Beileidsbezeigungen ersparen. Zunächst einmal: auch ich zähle durch ein Prostataleiden, das mich mit Sicherheit binnen zwei oder zweieinhalb Jahren zerstören wird, zur Kategorie der zum Tode Verurteilten, nur habe ich einige Monate länger Frist. Kommen wir also ohne große Vorreden zur Sache.«
»Nach Ihrer Ansicht, Doktor, ist also meine Rechtslage . . . hoffnungslos?« unterbrach La Pommerais.
»Man befürchtet es«, antwortete Velpeau nur.
»Ist meine Stunde schon festgesetzt?«
»Ich weiß es nicht; da jedoch betreffs Ihrer Person noch nichts entschieden worden ist, können Sie auf jeden Fall mit einigen Tagen rechnen.«
La Pommerais fuhr sich mit dem Ärmel seiner Zwangsjacke über seine fahle Stirn.

»Meinetwegen. Danke. Ich werde bereit sein, ja ich war es schon; nun aber heißt es: je früher, desto besser!«
»Da Ihr Gnadengesuch, wenigstens gegenwärtig, nicht zurückgewiesen worden ist, ist der Vorschlag, den ich Ihnen machen will, nur bedingt zu verstehen. Wenn ein Freispruch für Sie erfolgt, um so besser! – Wenn nicht . . .«
Der bedeutende Wundarzt hielt ein.
»Wenn nicht?« fragte La Pommerais.
Ohne zu antworten, entnahm Velpeau seiner Tasche ein kleines Besteck, öffnete es, zog die Lanzette heraus und legte, nachdem er die Zwangsjacke am linken Handgelenk aufgeschlitzt hatte, den Mittelfinger auf den Puls des jungen Verurteilten.
»Monsieur de La Pommerais«, sagte er, »Ihr Puls offenbart mir eine Kaltblütigkeit und ein selten vorkommendes Gefaßtsein. Der Schritt, den ich Ihnen gegenüber unternehme – und der geheimgehalten werden muß –, zielt auf eine Art Angebot ab, das, da es an einen Arzt von Ihrer Energie gerichtet ist, also an einen von positiven Überzeugungen unserer Wissenschaft durchdrungenen und völlig von allem phantastischen Grauen vor dem Tod freien Geist, als Extravaganz oder als eine verbrecherische Verhöhnung erscheinen könnte. Doch ich denke mir, daß wir wissen, wer wir sind; Sie werden es also einer aufmerksamen Prüfung unterziehen, so beunruhigend es Ihnen auch zunächst erscheinen möge.«
»Sie dürfen meiner Aufmerksamkeit gewiß sein, Monsieur«, antwortete La Pommerais.
»Sie wissen gar wohl«, fuhr Velpeau fort, »daß es eine der interessantesten Fragen der modernen Physiologie ist, zu ergründen, ob nach dem Abtrennen des Kopfes im Gehirn des Menschen ein Schimmer von Gedächtnis, von Überlegung, von wirklicher Empfindung verbleibt.«
Bei dieser unerwarteten Eröffnung zitterte der Verur-

teilte; dann nahm er sich zusammen und antwortete: »Als Sie eintraten, Doktor, war ich gerade stark mit diesem Problem beschäftigt, das für mich übrigens doppelt interessant ist.«

»Sind Sie über die Arbeiten, die zu dieser Frage seit denen von Sömmering, Sue, Sédillot und Bichat bis zu den Zeitgenossen hin geschrieben worden sind, auf dem laufenden?«

»Ja, ich habe sogar früher einmal an einem Ihrer Kurse teilgenommen, bei dem die Überreste eines Hingerichteten seziert wurden.«

»Ach? . . . Fahren wir also fort. Haben Sie, vom chirurgischen Standpunkt aus gesehen, genaue Vorstellungen von der Guillotine?«

Nachdem La Pommerais Velpeau eingehend betrachtet hatte, antwortete er frostig:

»Nein, Monsieur.«

»Ich habe gerade heute den Apparat genauestens untersucht«, fuhr Doktor Velpeau, ohne irgendwelche Bewegung zu zeigen, fort, »und ich muß sagen, er ist ein vollkommenes Instrument. Da das Schwertmesser zugleich wie ein Keil, eine Sichel und ein Hammer wirkt, schneidet es vermittels seiner schrägen Kanten den Hals des armen Sünders in einer drittel Sekunde durch. Der Enthauptete kann also, wenn ihn dieser blitzartige Schnitt trifft, nicht mehr an Schmerz empfinden, als ein Soldat auf einem Schlachtfeld an seinem Arm verspürt, der ihm im Kugelregen weggerissen wird. Das Gefühl ist infolge der kurzen Dauer kaum spürbar.«

»Vielleicht gibt es eine Schmerznachwirkung, denn es bleiben zwei empfindliche Wunden! War es nicht Julia Fontenelle, die unter Angabe ihrer Beweggründe fragt, ob diese Geschwindigkeit selbst nicht sogar schmerzlichere Folgen hat als die Hinrichtung mittels einer Damaszenerklinge oder durch das Beil?«

»Bérard genügte, um über diese Grille ein gerechtes Urteil zu sprechen!« erwiderte Velpeau. »Was mich angeht, so bin ich der festen Überzeugung, die sich auf Hunderte von Experimenten und auf meine besonderen Beobachtungen gründet, daß nämlich die plötzliche Abtrennung des Kopfes im gleichen Augenblick bei dem entleibten Individuum die vollkommenste Fühllosigkeit herbeiführt.

Allein die Ohnmacht, die auf der Stelle durch den Verlust von vier oder fünf Litern Blut hervorgerufen wird, die sogleich aus den Gefäßen hervorbrechen, und oft mit einer Strahlkraft von einem Meter Länge, würde genügen, auch die Ängstlichsten diesbezüglich zu beruhigen. Was die unbewußten Zuckungen des fleischlichen Mechanismus angeht, der allzu plötzlich in seinem Prozeß aufgehalten wird, so bilden sie ebensowenig einen Beweis des Leidens wie . . . zum Beispiel das Zucken eines abgetrennten Beines, dessen Muskeln und Nerven sich zusammenziehen, an dem man aber keine Schmerzen mehr fühlt. Ich meine, daß das nervöse Fieber der Ungewißheit, die Feierlichkeit verhängnisvoller Vorbereitungen und das Aufschrecken beim frühmorgendlichen Wecken die verständlichsten der sogenannten Qualen sind. Da die Amputation kaum wahrnehmbar sein kann, ist der wirkliche Schmerz nur Einbildung. Was denn? Ein so heftiger Schlag auf den Kopf kann doch nicht nur gar nicht empfunden werden, sondern hinterläßt auch kein Bewußtsein eines Schocks – eine so einfache Verletzung der Schädelknochen führt zur ataxischen Fühllosigkeit –, und die Abnahme des Kopfes, das Spalten des Rückgrats, die Unterbrechung der organischen Beziehungen zwischen Herz und Gehirn sollten nicht genügen, im Innersten des menschlichen Wesens jede noch so vage Empfindung von Schmerz lahmzulegen? Unmöglich! Undenkbar! Und Sie wissen das ebensogut wie ich.«

»Ich hoffe es wenigstens, und stärker als Sie, Monsieur!« erwiderte La Pommerais. »Es ist auch wirklich nicht irgendein starkes und rasches physisches Leiden, in der

Verwirrung des Empfindungsvermögens kaum wahrnehmbar und sehr schnell durch das ungestüme Hereinbrechen des Todes erstickt, es ist nicht das, sage ich, was ich fürchte. Es ist etwas anderes.«
»Wollen Sie versuchen, es in Worte zu kleiden?« sagte Velpeau.
»So hören Sie«, murmelte La Pommerais nach einer Pause, »kurz, die Organe des Gedächtnisses und des Willens – wenn sie beim Menschen in den gleichen Gehirnwindungen sitzen, wo wir sie zum Beispiel beim Hund festgestellt haben –, eben diese Organe, sage ich, werden beim Durchgleiten des Messers verschont! Wir haben zu viele gleichermaßen beunruhigend wie unbegreiflich wirkende, verdächtige frühere Fälle aufgezeichnet, als daß ich mich so leicht von der sofortigen Bewußtlosigkeit eines Enthaupteten überzeugen ließe. Wieviel Köpfe haben nach dem, was berichtet wird, auf Befragen ihren Blick auf den sie Fragenden gerichtet? Anteil der Nerven? Reflexbewegungen? – Zu nichts führende Worte!
Erinnern Sie sich des Kopfes von jenem Matrosen, der im Krankenhaus von Brest ein und eine Viertelstunde nach der Enthauptung mit einer Bewegung der Kinnbacken – vielleicht bewußt – einen Bleistift, der zwischen ihnen steckte, in zwei Teile zerbiß! – Wenn man unter Tausenden nur dieses Beispiel wählt, wäre also die wesentliche Frage, zu wissen, ob es das Ich dieses Mannes sein kann oder nicht, das nach Aufhören der Hämatose noch die Muskeln seines blutleeren Kopfes erregte.«
»Das Ich existiert nur im Ganzen«, meinte Velpeau.
»Das Rückenmark setzt das Kleinhirn fort«, erwiderte Monsieur de La Pommerais. »Wo wäre von da an die Gesamtheit der Empfindung zu suchen? Wer könnte Aufschluß darüber geben? Binnen acht Tagen werde ich es sicher erfahren . . . und vergessen haben.«

»Es hängt vielleicht von Ihnen ab, daß die Menschheit über diesen Punkt ein für allemal erfährt, woran sie ist«, sagte Velpeau langsam, seine Augen auf die seines Gesprächspartners gerichtet. »Und, um es frei heraus zu sagen, deswegen bin ich hier.
Ich bin von einer Kommission unserer hervorragendsten Kollegen der Pariser Fakultät zu Ihnen geschickt worden, und hier ist mein Passierschein vom Kaiser. Er enthält Befugnisse, die weitreichend genug sind, um, wenn es erforderlich wäre, sogar den Befehl Ihrer Hinrichtung mit einem Aufschub zu belegen.«
»Erklären Sie sich genauer . . ., ich verstehe nichts mehr«, erwiderte La Pommerais verblüfft.
»Monsieur de La Pommerais, im Namen der Wissenschaft, die uns immer am Herzen liegt und die die Anzahl ihrer hochherzigen Opfer nicht mehr zu zählen vermag, komme ich – in der für mich mehr als zweifelhaften Annahme, daß irgendein Versuch zwischen uns vereinbart werden könnte –, um von Ihrer Person die größtmögliche Aufwendung von Energie und Unerschrockenheit zu fordern, die man von der menschlichen Spezies erwarten kann. Wenn Ihr Gnadengesuch zurückgewiesen wird, so werden Sie, da Sie Mediziner sind, ein für die letzte Operation, der es sich zu unterziehen gilt, selbst kompetentes Subjekt sein. Ihre Mitwirkung wäre also bei einem Versuch des . . . In-Verbindung-Bleibens hier unschätzbar. Gewiß, sosehr Sie auch vorhätten, guten Willen zu beweisen, es scheint doch alles von vornherein auf ein völlig negatives Resultat hinzudeuten; dennoch bietet sich durch Sie schließlich die Möglichkeit – immer unter der Voraussetzung, daß dieses Experiment nicht schon im Prinzip absurd wäre, die Chance wäre eins zu zehntausend –, der modernen Physiologie auf wunderbare Weise zur Klarheit zu verhelfen. Die Gelegenheit muß folglich genutzt werden, und Sie würden, für den Fall eines nach der Hinrichtung erfolgreich gewechselten Zeichens der

Verständigung, einen Namen hinterlassen, dessen wissenschaftlicher Ruhm für immer die Erinnerung an Ihr gesellschaftliches Straucheln auslöschen würde.«

»Ach«, murmelte La Pommerais, erblaßt, doch mit entschlossenem Lächeln, »ach, ich fange an zu verstehen! – Tatsächlich, die Hinrichtungsqualen haben schon das Phänomen der Verdauung offenbart, sagt uns Michelot. Und ... welcher Art wäre Ihr Versuch? ... Galvanische Schocke? ... Reizungen der Augenwimpern? ... Injektionen von Blut aus der Arterie? ... Wenig aufschlußreich das alles!«

»Es versteht sich von selbst, daß sich Ihre Überreste alsbald nach der traurigen Prozedur in Frieden in der Erde ausruhen können und daß keines unserer Skalpelle Sie anrühren wird«, gab Velpeau zur Antwort. »Nein! – Aber beim Fallen des Messers werde ich selbst zugegen sein und Ihnen gegenüber an der Maschinerie stehen. So schnell es irgend geht, wird Ihr Kopf aus den Händen des Scharfrichters in meine Hände gelangen. Und darauf – da dieses Experiment nur mit Rücksicht auf seine Einfachheit ernst genommen und als gelungen angesehen werden kann – werde ich Ihnen ganz deutlich ins Ohr schreien: ›Monsieur Couty de La Pommerais, können Sie in diesem Augenblick in Erinnerung an unsere Übereinkunft im Leben dreimal hintereinander das Augenlid Ihres rechten Auges senken, während Sie das andere Auge ganz weit offen behalten?‹ Wenn Sie mir in diesem Augenblick, wie auch die sonstigen Gesichtsverzerrungen sein mögen, durch dieses dreifache Augenzwinkern ausdrücken können, daß Sie mich gehört und verstanden haben, und es mir beweisen, indem Sie Ihren die Augenlider bewegenden Muskel, Ihren zum Jochbein gehörenden Nerv und Ihre Bindehaut durch einen Akt des fortdauernden Gedächtnisses und Willens zu beeinflussen imstande sind, indem Sie alles Grauen, alles Wogen anderer Eindrücke auf Ihr Sein unterdrücken, so wird diese Tatsache genügen, die Wis-

senschaft aufzuklären und unsere Überzeugung zu revolutionieren. Und seien Sie sicher, ich werde es in einer Weise kundzutun wissen, daß Sie für alle Zukunft weniger die Erinnerung an einen Kriminellen hinterlassen werden als die an einen Helden.«
Nach diesen ungewöhnlichen Worten schien Monsieur de La Pommerais von einer so tiefen Ergriffenheit befallen zu sein, daß er für eine Minute, die aufgerissenen Augen auf den Chirurgen geheftet, schweigsam und wie versteinert dasaß. Dann erhob er sich, ohne ein Wort zu sagen, tat ganz nachdenklich einige Schritte, und bald darauf äußerte er unter traurigem Kopfschütteln:
»Die furchtbare Heftigkeit des Schlages wird mich auslöschen. Das, was Sie zu realisieren vorschlagen, scheint mir über alles Wollen, über jede menschliche Kraftanstrengung hinauszugehen! Überdies sagt man, daß die Chancen einer Lebensfähigkeit nicht bei allen Guillotinierten gleich sind. Jedoch . . . Monsieur, kommen Sie am Morgen der Hinrichtung wieder. Ich werde Ihnen dann sagen, ob ich zu diesem ebenso grauenhaften wie empörenden und zu nichts führenden Versuch bereit bin. Wenn es ein Nein ist, zähle ich auf Ihre Rücksicht, nicht wahr, damit mein Kopf in Ruhe seine letzte Vitalität in den Zinneimer verströmen kann, der ihn aufnehmen wird.«
»Auf bald also, Monsieur de La Pommerais«, sagte Velpeau, indem er sich ebenfalls erhob. »Denken Sie darüber nach.«
Beide grüßten sich.
Einen Augenblick später verließ Doktor Velpeau die Zelle, worauf der Wärter zurückkehrte und der Verurteilte sich gefaßt auf sein Feldbett ausstreckte, um zu schlafen oder nachzudenken.
Vier Tage später betraten gegen halb sechs Uhr morgens Monsieur Beauquesne, der Abbé Crozes, Monsieur Claude und Monsieur Potier, ein Schreiber des kaiserli-

chen Gerichtshofes, die Zelle. Monsieur de La Pommerais, durch die Verkündung der Stunde der Bestrafung aus dem Schlaf geweckt, richtete sich ganz blaß von seinem Lager auf und zog sich schnell an. Dann unterhielt er sich zehn Minuten vertraulich mit dem Abbé Crozes, dessen Besuche er schon vorher gern gesehen hatte. Es ist ja bekannt, daß der heilige Priester jene höhere Weihe eines Begnadeten besaß, die Kraft für die letzte Stunde gibt. Danach, als er Doktor Velpeau hinzukommen sah, bemerkte er:

»Ich habe gearbeitet. Passen Sie auf!«

Und bei der Verlesung des Urteils hielt er sein rechtes Augenlid geschlossen, während er den Chirurgen mit seinem ganz weit geöffneten linken Auge fest ansah.

Velpeau verneigte sich tief, dann wechselte er, sich Hendreich, der mit seinen Gehilfen eintrat, zuwendend, sehr rasch einen Blick des Einvernehmens mit dem Scharfrichter.

Die Toilette war rasch gemacht: Man mußte feststellen, daß das ›Phänomen des unter der Schere zusehends weiß werdenden Haares‹ nicht eintrat. Ein Abschiedsbrief seiner Frau, der mit leiser Stimme vom Anstaltsgeistlichen verlesen wurde, füllte seine Augen mit Tränen, die der Priester ehrfurchtsvoll mit dem gefälteten Rand des Gewandes wegwischte. Als er aufrecht stand und seinen Überrock über die Schultern geworfen hatte, mußte man seine Fesseln an den Handgelenken öffnen. Dann wies er das Glas Branntwein zurück – und die Eskorte setzte sich im Korridor in Bewegung. Als er, am Portal angekommen, auf der Schwelle seinem Kollegen begegnete, sagte er ganz leise zu ihm:

»Auf bald also – und leben Sie wohl!«

Plötzlich taten sich vor ihm die breiten Eisentürflügel auf und rollten zur Seite.

Der Morgenwind drang in das Gefängnis; es wurde hell. In der Ferne breitete sich der große Platz aus, der von einem doppelten Kordon von Kavallerie umstellt war;

gegenüber, zehn Schritt entfernt, tauchte in einem Halbkreis von berittenen Gendarmen, deren bei seinem Erscheinen gezogene Säbel klirrten, das Schafott auf. In geringem Abstand davon, inmitten der Gruppen von Pressevertretern, nahm man die Kopfbedeckungen ab.
Von drüben, hinter den Bäumen, hörte man den wogenden Lärm der schlaftrunkenen Menge. Auf den Dächern der Wirtshäuser beugten sich einige bleiche, verlebte Mädchen in greller Seide, von denen einige noch eine Flasche Champagner in Händen hielten, in Gesellschaft düsterer schwarzer Röcke aus den Fenstern. In der morgendlichen Luft flogen Schwalben auf dem Platz hin und her.
Einsam, den Raum ausfüllend und den Himmel begrenzend, schien die Guillotine den Schatten ihrer beiden erhobenen Arme, zwischen denen man hoch oben in weiter Ferne im Blau der Morgendämmerung den letzten Stern schimmern sah, bis zum Horizont hin zu werfen.
Bei diesem an den Tod gemahnenden Anblick erschauerte der Verurteilte, dann ging er entschlossen auf den Freiplatz zu. Er stieg nun die Stufen hinauf. Jetzt glänzte das dreikantige Messer auf dem schwarzen Gestell und verdüsterte den Stern. Vor dem unheilvollen Block hinter dem Kruzifix küßte er die grußbringende Locke seines eigenen Haars, die der Abbé während der Toilette an sich genommen hatte und die er ihm nun an die Lippen führte. »Für sie!« sagte er dabei.
Die fünf Personen auf dem Schafott hoben sich wie Silhouetten ab, und die Stille wurde in diesem Augenblick so tief, daß aus der Ferne das Knacken eines unter dem Gewicht eines Neugierigen abgebrochenen Zweiges mit dem Gekreisch und unbestimmtem, häßlichem Gelächter bis zu der tragischen Gruppe herüberdrang.
Als es dann die Stunde läutete, deren letzten Schlag er nicht mehr hören sollte, bemerkte Monsieur de La Pommerais sich gegenüber auf der anderen Seite seinen

seltsamen Experimentator, der ihn, eine Hand auf die Plattform gelegt, bedeutungsvoll ansah. – Er sammelte sich einen Augenblick und schloß die Augen.
Plötzlich und unvermutet wurde der Apparat in Gang gesetzt, das Halseisen schlug herunter, der Verschluß schnappte ein, das blitzende Messer fiel nieder. Eine heftige Erschütterung bewegte die Plattform; die Pferde bäumten sich bei dem magnetisch auf sie wirkenden Geruch des Blutes auf, und das Echo des Krachs schwang noch nach, als schon das blutende Haupt des Opfers in den kaltblütigen Händen des Chirurgen aus dem Hospital zuckte und ihm Finger, Manschetten und Kleidung über und über rot färbte.
Es war ein düsteres, grauenhaft weißes Angesicht, mit weit geöffneten und zerstreut aussehenden Augen, hochgezogenen Augenbrauen und schmerzlich verzogenem Mund, in dem die Zähne aufeinanderschlugen; das Kinn war am Ende des Unterkiefers getroffen worden.
Velpeau neigte sich rasch über diesen Kopf und sprach deutlich die vereinbarte Frage in das rechte Ohr. Sowenig dieser Mann sonst zu beeindrucken war, so ließ ihn doch das Resultat in einer Art kalten Grauens zusammenfahren: das Lid am rechten Auge senkte sich, während das linke Auge, gewaltsam offengehalten, ihn ansah.
»Im Namen Gottes und in unserem eigenen, noch zweimal dieses Zeichen!« rief er ein wenig bestürzt.
Die Augenwimpern hoben sich wie unter einer inneren Anstrengung, aber das Augenlid öffnete sich nicht wieder. Das Gesicht wurde von Sekunde zu Sekunde steifer, starrer und unbeweglicher. Es war zu Ende.
Doktor Velpeau übergab das tote Haupt Monsieur Hendreich, der den Korb wieder öffnete und es dem Brauch entsprechend zwischen die Beine des schon steifgewordenen Rumpfes legte.
Der große Chirurg wusch seine Hände in einem der zur

Waschung des Gerüsts, die bereits begonnen hatte, bestimmten Eimer. Um ihn herum verlor sich die bekümmerte Menge, ohne ihn zu erkennen. Er trocknete sich schweigend ab.
Dann ging er langsamen Schrittes, die Stirn gedankenvoll und ernst, zu seinem an der Ecke des Gefängnisses stehenden Wagen zurück. Als er einstieg, bemerkte er den Gerichtswagen, der sich in vollem Trab nach dem Montparnasse hin entfernte.

Nicht selten wurden die ›Contes cruels‹, die ›Grausamen Geschichten‹, mit den ›Tales of Mystery and Imagination‹, den ›Phantastischen Erzählungen‹, verglichen, die der amerikanische Dichter Edgar Allan Poe in den vierziger Jahren des vorigen Jahrhunderts herausgegeben hat und die ihn mit einem Schlag berühmt machten und zum Prototyp des Schauergeschichtenerzählers und zum Schöpfer der modernen Kurzgeschichte (Short story) werden ließen. In der Tat besteht eine enge Beziehung zwischen dem Franzosen Villiers de l'Isle-Adam und dem Amerikaner Poe. Mittler zwischen beiden war der französische Lyriker Charles Baudelaire, der Dichter der berühmten ›Fleurs du Mal‹ – ›Blumen des Bösen‹ –, durch dessen Übersetzung Poe in Frankreich bekannt geworden war.
Aber allein aus der Lektüre des zwanzigjährigen Villiers lassen sich die ›Grausamen Geschichten‹ nicht erklären. Ohne Zweifel verbindet Villiers und Poe auch noch eine gewisse Ähnlichkeit ihrer armseligen Dichterexistenz; bei beiden stellt man den gleichen, daraus resultierenden Aufschwung der Phantasie in überirdische und überzeitliche Bezirke fest, bei beiden den dabei trotzdem bewahrten Sinn für das Wirkliche im Stofflichen, für Analyse, Deduktion und logische Komposition in der Durchführung ihrer Erzählungen. Vielleicht zeigt die Geschichte, die ›Die Marter der Hoffnung‹ überschrieben ist, den Unterschied zwischen Villiers' Typus einer ›grausamen‹ Geschichte und Poes Typus einer Schauergeschichte am deutlichsten. Villiers verzichtet hier auf das ganze Inventar schreckenerregender Gegenstände: auf gähnende Schlünde und Abgründe, Uhren, die schlagen, sobald sich ihnen ein fliehendes gefesseltes Opfer nähert, oder rotglühende Gefängnisgitter, die sich bald verheißungsvoll öffnen, bald drohend wieder schließen; bei ihm gibt es nichts weiter als eine

halboffene Tür, einen dunklen Gang, einen Garten voller Duft und Sternengefunkel. Schon der erste Kommentator der Villiersschen Erzählkunst, Henri Chapoutot, war der Meinung, daß nach dem Einsatz so einfacher Mittel die Ekstase, aus der der Großinquisitor mit seiner Umarmung den Rabbiner reißt, vielleicht tiefer ergreift, als jene oft melodramatischen Erzählungen es tun, in denen Poe die Schrecken, die außergewöhnlichen und übernatürlichen Ereignissen innewohnen, übertreibt. Was sich bei Villiers de l'Isle-Adam als ›grausame‹ Geschichten ergab, muß aus seiner spezifischen Lebenserfahrung, aus den Umständen, in denen er lebte, und aus seiner besonderen Veranlagung heraus erklärt werden. Graf von Villiers, mit vollem Namen Jean-Marie-Mathias-Philippe-Auguste, Comte de Villiers de l'Isle-Adam, wurde am 7. November 1838 in dem bretonischen Städtchen Saint-Brieuc geboren. Er entstammte einer Familie, die ihren Stammbaum lückenlos bis ins 11. Jahrhundert zurück nachweisen konnte und Kreuz- und Malteserritter, Ordensgroßmeister und Verteidiger von Rhodos, Träger der Oriflamme und Marschälle von Frankreich zu ihren Vorfahren zählte. Auch Villiers' Mutter war adliger Abkunft; beide Elternteile aber waren verarmt, und die Familie hing finanziell von einer wohlhabenden Tante namens Kérinou ab, auch noch, als die Villiers auf Drängen des künstlerisch begabten und von den Eltern vergötterten Auguste nach dessen Schulzeit nach Paris übersiedelten. Mit dem Einzug des jungen Villiers de l'Isle-Adam in die Literatenmilieus an der Seine – sieghaft und hoffnungsvoll wie einst Lucien de Rubempré in Balzacs Roman ›Die verlorenen Illusionen‹ – begann ein Schriftstellerleben, das bis heute noch nicht völlig aufgehellt werden konnte. Neben Baudelaire und Leconte de Lisle zählten François Coppée, Théodore de Banville und Catulle Mendès, Vertreter der parnassischen und symbolistischen Schule, zu Villiers' entscheidenden Begegnungen.

Zunächst erging sich der junge Dichter in den Cafés und Brasserien auf dem Montmartre in mündlichen Erzähl-Improvisationen, dann veröffentlichte er 1857 ›Deux Essais de Poésie‹ – ›Zwei poetische Versuche‹ – und arbeitete in der Folgezeit an seinem Drama ›Elën‹ und einem auf sieben Bände berechneten Roman ›Isis‹, der als eine Art Schauerroman bereits früh Villiers' Hang zum Mysteriösen und Phantastischen verriet.
Paris blieb – wenn man von kurzen Aufenthalten in der bretonischen Heimat und von späteren Reisen absieht – bis zu seinem Tode sein ständiger Wohnsitz. Er lebte dort in den allerdüftigsten Verhältnissen, nach dem Ableben der hilfreichen Tante Kérinou geradezu im Elend.
Die Arbeit eines Schriftstellers als ›Brotberuf‹ auszuüben, hat Villiers in dieser Zeit abgelehnt; er fuhr fort, ›große Kunstwerke‹ zu entwerfen und, wie Flaubert, angestrengt nach dem ›mot juste‹, dem jeweils einzigen treffenden Ausdruck, suchend, in immer neuen Versionen seine Dichtungen niederzuschreiben. Außer den ›Contes cruels‹ entstanden die Geschichten, die später als ›Histoires insolites‹ – ›Ungewöhnliche Geschichten‹ – und als ›Nouveaux Contes cruels‹ – ›Neue Grausame Geschichten‹ – erschienen sind; es entstanden ferner Dramen, wie ›La Révolte‹ – ›Der Aufruhr‹ –, ›Axel‹, das Villiers als sein Hauptwerk betrachtete. ›Le nouveau Monde‹ – ›Die Neue Welt‹ – , und um die Gestalt des Erfinders Edison begann er einen Zukunftsroman zu entwickeln, den er ›L'Ève future‹ – ›Die Eva der Zukunft‹ – nannte.
1883 brachte der bescheidene Erfolg der ›Grausamen Geschichten‹ als Buchausgabe einige Erleichterungen in sein Leben; vor allem versetzte eine regelmäßige Mitarbeit an einer Zeitung den Dichter in die Lage, wenn auch nur kärglich, vom Ertrag seiner Feder zu leben. Mit dem ersten Band der ›Ève future‹ erschien eine Geschichtensammlung unter dem Titel ›L'Amour

suprême‹ – ›Die höchste Liebe‹ –, der die hier abgedruckte Geschichte ›Das Geheimnis um das Schafott‹ entnommen ist. Wenig Erfolg hatte auch 1887 die Aufführung des Einakters ›L'Évasion‹ – ›Die Flucht‹ – an dem eben von dem bekannten Theatermann Antoine gegründeten Théâtre-Libre. Neue Freunde schlossen sich Villiers an: der Lyriker Stéphane Mallarmé, der zum Haupt der symbolistischen Schule geworden war, und vor allem der Verfasser des Romans ›À Rebours‹ – ›Gegen den Strich‹ –, Joris-Karl Huysmans, der im Schlußkapitel von Villiers' Leben noch eine wichtige Rolle spielen sollte. Als sich bei dem Dichter um das Jahr 1889 Magenkrebs bemerkbar machte, nahm sich Huysmans seiner an; er sorgte dafür, daß Villiers in der Umgebung von Paris in gesündere Luft kam, veranstaltete eine Geldsammlung zugunsten des Dichters und ließ ihn schließlich in das Krankenhaus der Brüder von Saint-Jean-de Dieu bringen, wo er in der Nacht vom 18. zum 19. August 1889 starb.

In der Zeit, in die Villiers hineingeboren war, hatte er alles das erlebt, was sich im öffentlichen Leben Frankreichs allmählich an Auswüchsen aus der während des Bürgerkönigtums ergangenen Losung ›Enrichissez-vous!‹ – ›Bereichert euch!‹ – ergeben hatte und was ein Balzac, als es sich noch in statu nascendi befand, bereits als gefährlichen Keim einer ›menschlichen Komödie‹, ein Flaubert später, als es zur bürgerlichen Lebensform geworden war, als ›idées reçues‹, als weitverbreitete ›Gemeinplätze‹, geschildert und gebrandmarkt hat. Für Villiers waren es im politischen Leben die damalige Form der Demokratie mit ihren Fehlentwicklungen, im Wissenschaftsbetrieb Materialismus und Positivismus, die den Erkenntnisdrang des Menschen zu einer käuflichen Sache machten, und im Bereich der Kunst der aufkommende Naturalismus, der nach seiner Meinung gewissen Entwicklungen nur ›nachgab‹. Vor allem aber war es das zum Abgott der Gesellschaft gewordene Geld. Besonders heftig ist sein satirischer Angriff gegen den Götzen Mammon in den Geschichten ›Virginie und Paul‹, ›Die Demoiselles de Bienfilâtre‹, ›Die Räuber‹ und ›Das schönste Gastmahl der Welt‹, aber auch in ›Zwei-Auguren‹, wo er schärfer, als es je Flaubert getan hat, mit dem ›Mittelmaß‹ ins Gericht geht, das allem Genialischen feind ist; schon das Motto: ›Vor allem: kein Genie!‹, spielt darauf an. In der Schauergeschichte vom ›Gast bei den letzten Festen‹ bekennt Villiers: Gerade dort, wo er Grausigstes erlebt habe – im Bilde des Scharfrichters mit seinem ›Ich schneide‹ ist ja in Wirklichkeit das Wunden schlagende Leben eingefangen –, gerade dort habe er seine bedeutsamsten und poetischsten Einfälle niedergeschrieben. Dabei ist Villiers wohl auch zu den tiefen sozialen Einsichten gelangt, aus denen heraus er in Auflehnung gegen die Herrschaft des Geldes zynisch die im 19. Jahrhundert auf alle menschlichen Bezirke übergreifende Kommerzialisierung geißelt.

Doch nicht nur das Unbehagen des nachgeborenen Romantikers gegenüber einer der Kunst abholden Gesellschaft bekunden die ›Grausamen Geschichten‹. Villiers' Bekanntschaft mit Dichtern wie Baudelaire, Mallarmé und Huysmans beeinflußte sein Schaffen auch von den Schulen des Symbolismus und des Parnaß her: An einzelnen Stellen der ›Grausamen Geschichten‹ leuchtet reine, aus Empfindung emporquellende Poesie – Prosa, die zum Gedicht geworden ist – wundervoll auf; wie bei den Symbolisten ist die Grenze zwischen Prosa und Lyrik aufgehoben. Mit den Parnassiens teilt Villiers die Vorliebe für seltene Vokabeln, für archaische und exotische Benennungen und außergewöhnliche Situationen.

Villiers de l'Isle-Adam stand in seiner Kunst abseits von der Entwicklung, die die Novelle in Frankreich von Mérimée bis Maupassant genommen hat. Kritiker, die bald nach seinem Tode behauptet haben, es handle sich bei ihm um einen der größten Dichter des 19. Jahrhunderts, sind gewiß der Übertreibung verfallen. Die ›Grausamen Geschichten‹ aber gehören ohne Zweifel zu den bedeutenden Leistungen der französischen Erzählkunst des vorigen Jahrhunderts.

Herbert Kühn

Literatur aus Frankreich, England, Amerika u.a.

Honoré de Balzac. Das Mädchen mit den Goldaugen
Aus dem Französischen von Ernst Hardt. Vorwort Hugo von Hofmannsthal. Illustrationen Marcus Behmer. it 60

Charles Baudelaire. Die Blumen des Bösen
Übertragen von Carlo Schmid. it 120

»Beaumarchais«. Die Figaro-Trilogie
Deutsch von Gerda Scheffel. Nachwort von Norbert Miller. Mit zeitgenössischen Illustrationen. it 228

William Blake. Lieder der Unschuld und Erfahrung
Nach einem handkolorierten Exemplar des British Museum. Herausgegeben und mit einem Nachwort versehen von W. Hofmann. Deutsch von W. Wilhelm. it 116

Emily Brontë. Die Sturmhöhe
Aus dem Englischen von Grete Rambach. it 141

Chateaubriand. Das Leben des Abbé de Rancé
Herausgegeben und aus dem Französischen übersetzt von Emil Lerch. Mit einem Vorwort von Roland Barthes und zeitgenössischen Bildern. it 240

James Fenimore Cooper. Der Wildtöter. Der letzte Mohikaner
Bearbeitung der Übersetzung von E. Kolb durch Rudolf Drescher. Mit Illustrationen von D. E. Darley. it 179/180

Honoré Daumier. Robert-Macaire – Der unsterbliche Betrüger
Drei Physiologien. Aus dem Französischen von Mario Spiro. Herausgegeben und mit einem Nachwort versehen von Karl Riha. Illustrationen von Daumier. it 249

Daniel Defoe. Robinson Crusoe
Mit Illustrationen von Ludwig Richter. it 41

Literatur aus Frankreich, England, Amerika u.a.

Denis Diderot. Die Nonne
Mit einem Nachwort von Robert Mauzi. Der Text dieser Ausgabe beruht auf der ersten deutschen Übersetzung von 1797. it 31

Alexandre Dumas. Geschichte eines Nußknackers
Mit Illustrationen von Bertall. Herausgegeben und bearbeitet von Josef Heinzelmann. it 291

Alexandre Dumas. Der Graf von Monte Christo
Mit Illustrationen von Pavel Brom und Dagmar Bromova. Zwei Bände. it 266

Gustave Flaubert. Ein schlichtes Herz
Drei Novellen. Umschlagmotiv und Initialen von Heinrich Vogeler. it 110

Gustave Flaubert. Lehrjahre des Gefühls
Mit einem Essay und einer Bibliographie von Erich Köhler. it 276

Gustave Flaubert. Madame Bovary
Revidierte Übersetzung aus dem Französischen von Arthur Schurig. it 167

Gogol. Der Mantel und andere Erzählungen
Aus dem Russischen von Ruth Fritze-Hanschmann. Mit einem Nachwort von Eugen und Frank Häusler. Illustrationen von András Karakas. it 241

Victor Hugo. Notre-Dame von Paris
Aus dem Französischen übertragen von Else von Schorn. Mit einem Nachwort von Herbert Kühn. Mit Illustrationen. it 298

Jens Peter Jacobsen. Niels Lyhne
Mit Illustrationen von Heinrich Vogeler. Nachwort von Fritz Paul. Aus dem Dänischen von Anke Mann. it 44

Literatur aus Frankreich, England, Amerika u.a.

Choderlos de Laclos. Schlimme Liebschaften
Ein Briefroman mit 14 zeitgenössischen Illustrationen. Übertragen und eingeleitet von Heinrich Mann. it 12

Charles und Mary Lamb. Shakespeare Novellen
Mit 21 Stichen einer Ausgabe von 1837. Auf Grund einer älteren Übersetzung bearbeitet von E. Schücking. it 268

Sir Thomas Mallory. Die Geschichten von König Artus und den Rittern seiner Tafelrunde
Übertragen von Helmut Findeisen auf Grund der Lachmannschen Übersetzung. Mit einem Nachwort von Walter Martin und Illustrationen von Aubrey Beardsley. Drei Bände in Kassette. it 239

Guy de Maupassant. Bel-Ami
Aus dem Französischen von Josef Halperin. Mit zeitgenössischen Illustrationen. it 280.

Guy de Maupassant. Das Haus Tellier
und andere Erzählungen. Aus dem Französischen von Karl Friese und Helmut Bartuschek. Ausgewählt von W. Berthel. Mit zeitgenössischen Illustrationen. it 248

Guy de Maupassant. Pariser Abenteuer
und andere Erzählungen. Ausgewählt von Werner Berthel. Mit zeitgenössischen Illustrationen. Aus dem Französischen von H. Bartuschek und K. Friese it 106

Herman Melville. Moby Dick oder der Wal
Aus dem Amerikanischen von Hans und Alice Seiffert. Nachwort von Rudolf Sühnel. Zwei Bände. it 233

Mirabeau. Der gelüftete Vorhang oder Lauras Erziehung
Aus dem Französischen von Eva Moldenhauer. Nachbemerkung von Norbert Miller. it 32

Michel de Montaigne. Essais
Herausgegeben und mit einem Nachwort versehen von Ralph-Rainer Wuthenow. Revidierte Fassung der Übertragung von Johann Joachim Bode. it 220

Literatur aus Frankreich, England, Amerika u.a.

Jan Potocki. Die Handschrift von Saragossa
Herausgegeben von Roger Caillois. Aus dem Französischen von Louise Eisler-Fischer. Aus dem Polnischen von Maryla Reifenberg. Mit Bildern von Goya. Zwei Bände. it 139

François Rabelais. Gargantua und Pantagruel
Herausgegeben von Horst und Edith Heintze. Erläutert von Horst Heintze und Rolf Müller. Mit Illustrationen von Gustave Doré. Zwei Bände. it 77

William Shakespeare. Einundzwanzig Sonette
Deutsch von Paul Celan. Nachwort H. Viebrock. it 132

Walter Scott. Im Auftrag des Königs
Die gefährlichen Abenteuer des Quentin Durward. Mit einem Nachwort von Traude Dienel. Mit Illustrationen aus dem 19. Jahrhundert. it 188

Stendhal. Rot und Schwarz
Vollständige Ausgabe. Übersetzt von Walter Widmer. Mit einem Nachwort von Uwe Japp. it 213

Stendhal. Über die Liebe
Vollständige Ausgabe. Aus dem Französischen und mit einer Einführung von Walter Hoyer. it 124

Laurence Sterne. Yoricks Reise des Herzens
Durch Frankreich und Italien. Mit zwölf Holzschnitten nach Tony Johanot. Mit einem Nachwort von Helmut Findeisen. it 277

Robert Louis Stevenson. Die Schatzinsel
Mit Illustrationen von Georges Roux. it 65

Jonathan Swift. Gullivers Reisen
Mit Illustrationen von Grandville und einem Vorwort von Hermann Hesse. Aus dem Englischen übersetzt von Franz Kottenkamp. it 58

Literatur aus Frankreich, England, Amerika u.a.

Claude Tillier. Mein Onkel Benjamin
Deutsch von Rudolf G. Binding. Mit Schattenrissen, gezeichnet von Emil Preetorius. it 219

Leo N. Tolstoj. Die großen Erzählungen
Mit einem Nachwort von Thomas Mann. Aus dem Russischen von Rudolf Kassner und Arthur Luther. it 18

Leo N. Tolstoj. Kindheit, Knabenalter, Jünglingsjahre
Aus dem Russischen von Hermann Röhl. Revidiert und herausgegeben von Gisela Drohla. it 203

Anton Tschechow. Die Dame mit dem Hündchen
und andere Erzählungen. Mit Zeichnungen von András Karakas. Ausgewählt und mit einem Nachwort von Werner Berthel. it 174

Iwan Turgenjew. Väter und Söhne. it 64

Mark Twain. Huckleberry Finns Abenteuer
Vollständige Ausgabe. Mit Illustrationen von Eberhard Binder. Deutsch von Barbara Cramer-Nauhaus. it 126

Mark Twain. Tom Sawyers Abenteuer
Illustriert von Eberhard Binder. Bearbeitet von Karl Heinz Berger. it 93

Mark Twain. Leben auf dem Mississippi
Mit Illustrationen von Klaus Ensikat. Aus dem Amerikanischen übersetzt und bearbeitet von Helene Ritzerfeld. it 252

Voltaire. Candide oder der Optimismus
Mit 26 Federzeichnungen von Paul Klee und einer Nachbemerkung von Jean Orieux. it 11

Voltaire. Sämtliche Romane und Erzählungen
Mit einer Einleitung von Victor Klemperer und Illustrationen von Moreau le jeune. Zwei Bände. it 209/210

Literatur der Moderne

Ambrose Bierce. Mein Lieblingsmord
Erzählungen. Aus dem Amerik. von G. Günther. it 39

Hans Carossa. Eine Kindheit und Verwandlungen einer Jugend. it 295/296

Denkspiele
Polnische Aphorismen des zwanzigsten Jahrhunderts. Herausgegeben und mit einem Nachwort von Antoni Marianowicz und Ryszard Marek Gronski. Mit Illustrationen von Klaus Ensikat. it 76

Hermann Hesse. Dank an Goethe
Betrachtungen, Rezensionen, Briefe. Mit einem Essay von Reso Karalaschwili. it 129

Hermann Hesse. Hermann Lauscher
Mit frühen, teils unveröffentlichten Zeichnungen und einem Nachwort von Gunter Böhmer. it 206

Hermann Hesse. Kindheit des Zauberers
Ein autobiographisches Märchen. Handgeschrieben, illustriert und mit einer Nachbemerkung versehen von Peter Weiss. it 67

Hermann Hesse. Leben und Werk im Bild
Von Volker Michels. Mit dem »Kurzgefaßten Lebenslauf« von Hermann Hesse. it 36

Hermann Hesse. Piktors Verwandlungen
Ein Liebesmärchen, vom Autor handgeschrieben und illustriert, mit ausgewählten Gedichten und einem Nachwort von Volker Michels. it 122

Hermann Hesse. Walter Schmögner. Die Stadt
Ein Märchen. Vierfarbig. it 236

Hermann Hesse. Der verbannte Ehemann
Handgeschrieben und illustriert von Peter Weiss. it 260

Literatur der Moderne

Jens Peter Jacobsen. Die Pest in Bergamo
und andere Novellen. Aus dem Dänischen von Mathilde Mann, Anka Matthiesen, Erich von Mendelssohn und Raphael Meyer. Mit Illustrationen von H. Vogeler. it 265

Erhart Kästner. Griechische Inseln
Mit einem Nachwort von Heinrich Gremmels. it 118

Erhart Kästner. Kreta
Aufzeichnungen aus dem Jahre 1943. Mit einem Nachwort von Heinrich Gremmels. it 117

Erhart Kästner. Die Lerchenschule
Aufzeichnungen von der Insel Delos. it 57

Erhart Kästner. Ölberge, Weinberge
Ein Griechenland-Buch. Mit Zeichnungen von Helmuth Kaulbach. it 55

Erhart Kästner. Die Stundentrommel vom heiligen Berg Athos. it 56

Marie Luise Kaschnitz. Eisbären
Erzählungen. it 4

Federico García Lorca. Die dramatischen Dichtungen
Deutsch von Enrique Beck. it 3

Wladimir Majakowski. Werke
Band I: Gedichte. Herausgegeben von Leonhard Kossuth. Deutsche Nachdichtung von Hugo Huppert. Mit Abbildungen. it 16

Band II: Poeme
Herausgegeben von Leonhard Kossuth. Deutsche Nachdichtung von Hugo Huppert. Mit neun Abbildungen. it 53

Band III: Stücke, Bühnenwerke, Filmszenarien
Herausgegeben von Leonhard Kossuth. Deutsche Nachdichtung von Hugo Huppert. Mit Abbildungen. it 79

Literatur der Moderne

Phaïcon 1
Almanach der phantastischen Literatur. Herausgegeben von Rein A. Zondergeld. Mit Illustrationen von Dieter Asmus, Jörg Krichbaum, Friedrich Meckseper, Reiner Schwarz. it 69

Phaïcon 2
Almanach der phantastischen Literatur. Herausgegeben von Rein A. Zondergeld. Mit Illustrationen von Gérard Titus Carmel, Jörg Krichbaum, Jochem Poensgen, Karel Roesel und Jan-Peter Tripp. it 154

Polaris 1
Ein Science Fiction Almanach Herausgegeben von Franz Rottensteiner. Mit Illustrationen von Hans Ulrich & Ute Osterwalder, Helmut Wenske, H. J. Piatkowski, András Karakas. it 30

Polaris 3
Ein Science Fiction Almanach. Herausgegeben von Franz Rottensteiner. Mit Illustrationen von András Karakas, György Korga, Jörg Krichbaum, Harry Morris jr., Laszlo Panner, W. Schmögner und R. Sienkiewicz. it 134

Rainer Maria Rilke. Ausgesetzt auf den Bergen des Herzens
Gedichte aus den Jahren 1906 bis 1926. it 98

Rainer Maria Rilke. Das Buch der Bilder
it 26

Rainer Maria Rilke. Duineser Elegien. Die Sonette an Orpheus. it 80

Rainer Maria Rilke. Geschichten vom lieben Gott
Mit Illustrationen von E. R. Weiß. it 43

Rainer Maria Rilke. Leben und Werk im Bild
Mit einer biographischen Einführung und einer Zeittafel. Von Ingeborg Schnack. it 35

Literatur der Moderne

Rainer Maria Rilke. Das Stundenbuch
Mit einer Titelzeichnung von W. Tiemann. it 2

Rainer Maria Rilke. Wladimir, der Wolkenmaler
und andere Erzählungen, Skizzen und Betrachtungen aus den Jahren 1893-1904. Ausgewählt und zusammengestellt von Volker Michels. Vignette und Zierleisten von Aubrey Beardsley. it 68

Rainer Maria Rilke. Zwei Prager Geschichten
und »Ein Prager Künstler«. Mit Illustrationen von Emil Orlik. Herausgegeben von Josef Mühlberger. it 235

Paul Scheerbart. Rakkóx der Billionär
und »Die Wilde Jagd«. Mit Illustrationen von Felix Valotton. Nachwort von Franz Rottensteiner. it 196

Shaw-Brevier
Ein zeitloses Lesebuch für kritische Zeitgenossen. Herausgegeben von Ursula Michels-Wenz. it 159

August Strindberg. Schönste Novellen. it 282

Felix Timmermans. Dämmerungen des Todes
Aus dem Niederländischen von Rein A. Zondergeld. Mit einem Nachwort von Jörg Krichbaum. it 297

Robert Walser. Fritz Kochers Aufsätze
Mit den Illustrationen von Karl Walser. Nachwort von Jochen Greven. it 63

Robert Walser. Liebesgeschichten
Mit Illustrationen von Karl Walser. Herausgegeben von Volker Michels. it 263

Oscar Wilde. Die Erzählungen und Märchen
Übersetzt von Paul Greve und Franz Blei.
Mit Zeichnungen von Heinrich Vogeler. it 5

insel taschenbücher
Alphabetisches Verzeichnis

Chateaubriand: Das Leben des Abbé de Rancé it 240
Claudius: Wandsbecker Bote it 130
Cooper: Lederstrumpferzählungen (5 Bde.) it 179-183
Dante: Die Göttliche Komödie (2 Bände) it 94
Daudet: Tartarin von Tarascon it 84
Daumier: Macaire it 249
Defoe: Robinson Crusoe it 41
Denkspiele it 76
Dickens: Oliver Twist it 242
Die großen Detektive it 101
Diderot: Die Nonne it 31
Dumas: König Nußknacker it 291
Eichendorff: Aus dem Leben eines Taugenichts it 202
Eichendorff: Gedichte it 255
Eisherz und Edeljaspis it 123
Die Erzählungen aus den Tausendundein Nächten (12 Bände in Kassette) it 224
Fabeln und Lieder der Aufklärung it 208
Der Familienschatz it 34
Ein Fisch mit Namen Fasch it 222
Fabre: Das offenbare Geheimnis it 269
Flaubert: Ein schlichtes Herz it 110
Flaubert: Lehrjahre des Gefühls it 276
Flaubert: Madame Bovary it 167
Fontane: Der Stechlin it 152
Fontane: Effi Briest it 138
Fontane: Unwiederbringlich it 286
le Fort. Leben und Werk im Bild it 195
Caspar David Friedrich: Auge und Landschaft it 62
Manuel Gassers Köchel-Verzeichnis it 96
Gasser: Tante Melanie it 192
Gebete der Menschheit it 238
Das Geburtstagsbuch it 155
Geschichten der Liebe aus 1001 Nächten it 38
Goethe: Dichtung und Wahrheit (3 Bde.) it 149-151
Goethe: Die Leiden des jungen Werther it 25
Goethe: Die Wahlverwandtschaften it 1
Goethe: Faust (1. Teil) it 50
Goethe: Faust (2. Teil) it 100
Goethe: Hermann und Dorothea it 225
Goethe: Italienische Reise it 175
Goethe: Liebesgedichte it 275
Goethe: Maximen und Reflexionen it 200

Kästner: Kreta it 117
Kästner: Ölberge, Weinberge it 55
Keller: Züricher Novellen it 201
Kinderheimat it 111
Kinder- und Hausmärchen gesammelt durch
die Brüder Grimm (3 Bde.) it 112-114
Kin Ping Meh it 253
Kleist: Erzählungen it 247
Kleist: Geschichte meiner Seele it 281
Kleist: Der zerbrochene Krug it 171
Klingemann: Nachtwachen von Bonaventura it 89
Klinger: Leben und Werk in Daten und Bildern it 204
Knigge: Über den Umgang mit Menschen it 273
Konfuzius: Materialien it 87
Konfuzius und der Räuber Zhi it 278
Laclos: Schlimme Liebschaften it 12
Lamb: Shakespeare Novellen it 268
Das große Lalula it 91
Lévi-Strauss: Der Weg der Masken it 288
Liebe Mutter it 230 (in Kassette)
Lieber Vater it 231 (in Kassette)
Lichtenberg: Aphorismen it 165
Linné: Lappländische Reise it 102
Lobel: König Hahn it 279
Longus: Daphnis und Chloë it 136
Lorca: Die dramatischen Dichtungen it 3
Der Löwe und die Maus it 187
Majakowski: Werke I it 16 Werke II it 53 Werke III it 79
Malory: König Artus (3 Bände) it 239
Marc Aurel: Wege zu sich selbst it 190
Märchen der Romantik (2 Bände) it 265
Märchen deutscher Dichter it 13
Maupassant: Bel-Ami it 280
Maupassant: Das Haus Tellier it 248
Maupassant: Pariser Abenteuer it 106
Mäusegeschichten it 173
Melville: Moby Dick it 233
Michelangelo: Zeichnungen und Dichtungen it 147
Michelangelo. Leben und Werk it 148
Minnesinger it 88
Mirabeau: Der gelüftete Vorhang it 32
Montaigne: Essays it 220
Mordillo: Das Giraffenbuch it 37

Schadewaldt: Sternsagen it 234
Scheerbart: Rakkóx der Billionär it 196
Schiller: Der Geisterseher it 212
Schiller – Goethe: Briefwechsel (2 Bände) it 250
Schiller: Leben und Werk it 226
Schlote: Geschichte vom offenen Fenster it 287
Schlote: Das Elefantenbuch it 78
Schlote: Fenstergeschichten it 103
Schmögner: Das Drachenbuch it 10
Schmögner: Ein Gruß an Dich it 232
Schmögner: Das unendliche Buch it 40
Schneider: Leben und Werk im Bild it 318
Schopenhauer: Aphorismen zur Lebensweisheit it 223
Schumacher: Ein Gang durch den Grünen Heinrich it 184
Schwab: Sagen des klassischen Altertums (3 Bde.) it 127
Scott: Im Auftrag des Königs it 188
Shakespeare: Sonette it 132
Shaw-Brevier it 159
Sindbad der Seefahrer it 90
Sonne, Mond und Sterne it 170
Sophokles: Antigone it 70
Sophokles: König Ödipus it 15
Stendhal: Rot und Schwarz it 213
Stendhal: Über die Liebe it 124
Sternberger: Über Jugendstil it 274
Sterne: Yoricks Reise des Herzens it 277
Stevenson: Die Schatzinsel it 65
Storm: Am Kamin it 143
Swift: Ein bescheidener Vorschlag . . . it 131
Swift: Gullivers Reisen it 58
Tillier: Mein Onkel Benjamin it 219
Toepffer: Komische Bilderromane (2 Bde.) it 137
Tolstoj: Die großen Erzählungen it 18
Tolstoj: Kindheit, Knabenalter, Jünglingsjahre it 203
Traum der roten Kammer it 292
Tschechow: Die Dame mit dem Hündchen it 174
Turgenjew: Erste Liebe it 257
Turgenjew: Väter und Söhne it 64
Der Turm der fegenden Wolken it 162
Twain: Huckleberry Finns Abenteuer it 126
Twain: Leben auf dem Mississippi it 252